THE QUEEN OF CRIME
繁體中文版
20 週年
紀念珍藏

四大天王

著——阿嘉莎・克莉絲蒂

譯——宋瑛堂

Murder on the Orient Express

通俗是一種功力

吳念真（導演、作家）

通俗是一種功力。絕對自覺的通俗更是一種絕對的功力。

這樣的話從我這種俗氣的人的嘴巴說出來，大概很多人要笑破褲底了。不過，笑完之後請容我稍稍申訴。這申訴說得或許會比較長一點，以及，通俗一點。

小時候身材很爛，各種遊戲競爭完全任人宰割，唯一隱遁逃避的方法是躲起來看書或聽大人瞎掰。那年頭窮鄉僻壤的小孩能看的書不多，小學二年級時最喜歡的是超大本的《文壇》，老師借的。看著看著，某天老師發現我的造句竟出現：「捧著：朝陽捧著一臉笑顏為群山剪綵」這樣亂七八糟的文字，就拒絕再讓我看那些超齡的東西了。

老師的書不給看，我開始抓大人的書看。一種是厚得跟磚塊一樣的日文書，對我來說那完全是天書，但插圖好看，經常有限制級的素描。另一種書是比較薄的，通常藏得很嚴密，只是裡面有太多專有名詞、重複的單字和毫無限制的標點，比如「啊啊啊」、「……！！！」

老讓我百思不解。有一天，充滿求知欲地詢問大人竟然換來一巴掌後，那種閱讀的機會和樂趣也隨著消失了。

所幸這些閱讀的失落感，很快從大人的龍門陣中重新得到養分。講到這裡，我似乎先得跟一個村中長輩游條春先生致敬，並願他在天之靈安息。

我所成長的礦區，幾乎全是為著黃金而從四面八方擁至的冒險型人物，每人幾乎都有一段異於常人的傳奇故事。這些故事當事人說來未必精采，但一透過游條春先生的嘴巴重現，有時連當事人都聽得忘我，甚至涕泗縱橫，彷彿聽的是別人的故事。

條春伯沒當過日本兵，可是他可以綜合一堆台籍日本兵的遭遇，一如連續劇般從入伍、受訓、逃亡荒島，面對同鄉同袍的死亡，並取下他們的骨骸寄望帶回故鄉，乃至骨骸過多搞不清哪是誰的等等，讓聽的人完全隨他的敘述或悲或笑，彷彿跟他一起打了一場太平洋戰爭。此外他也可以把新聞事件說得讓一個三、四年級的小孩，到現在仍記得當時腦中被觸動的畫面。例如當年瑠公圳分屍案的凶手做案之後帶著小孩到安東街吃麵（這讓我一直以為台北的安東街是條專門賣麵的街道），還有甘迺迪總統被暗殺、賈桂琳抱住她先生、安全人員跳上飛快的車子保護賈桂琳……當然，這記憶全來自條春伯的嘴巴而不是報紙。我的記憶全是畫面，有畫面，是因為條春伯說得精采，說得有如親臨他至死都還搞不清地理位置的達拉斯命案現場。

於是這小孩長大後無條件地相信：通俗是一種功力，絕對自覺的通俗更是一種絕對的功力。透過那樣自覺的通俗傳播，即使連大字都不識一個的人，都能得到和高階閱讀者一樣的感動、快樂、共鳴，和所謂的知識、文化自然順暢的接軌。也許就是因為這些活生生的例子，俗氣的自己始終相信：講理念容易講故事難，講人人皆懂、皆能入迷的故事更難，而能隨時把這樣的故事講個不停的人，絕對值得立碑立傳。

條春伯嚴格地說是有自覺的轉述者，至於創作者，我的心目中有兩個。一個是日本導演山田洋次，一個是推理小說家阿嘉莎．克莉絲蒂。

山田洋次創造了寅次郎這個集合所有男人優點跟缺點的角色，在以《男人真命苦》為名的系列下，總共完成百部左右的電影。它們的敘述風格、開頭、結尾的方法不變，唯一改變的是故事，是時代，是遍歷日本小鄉小鎮的場景。數十年來，看《男人真命苦》幾已成為日本人每年的一種儀式，一如新春的神社參拜。

數十年前訪問過山田導演，他說，當他發現電影已然有它被期待的性格時，電影已經不是導演自己的。他說：當所有人都感動於美人魚的歌聲時，你願意為了讓她擁有跟你一樣的腳，而讓她失去人間少有的嗓音嗎？

人間少有的嗓音與動人的歌聲，都來自山田導演絕對自覺的通俗創造。

再如阿嘉莎．克莉絲蒂，如果我們光拿出她說過的故事和聽過她故事的人口數字，就足以嚇死你。五十多年的寫作生涯，她總共寫出六十六本長篇推理小說，外加一百多篇短篇小說和劇本。其中有二十六本推理小說被改編，拍了四十多部電影和電視劇集。作品被翻譯成一百零三種文字的版本，銷量超過二十億本。

夠了。你還想知道什麼？知道二十億本的意義是什麼嗎？二十億本的意義是全世界平均三個人就有一個人讀過她的書，聽過她說的故事。

說來巧合，她和山田洋次一樣，創造出個性鮮明的固定主角（當然，前前後後她弄出來好幾個），然後由他（或是她）帶引我們走進一個犯罪現場，追尋真正的罪犯。

故事就這樣？沒錯，應該說這是通常的架構。那你要我看什麼？不急，真的不急，克莉絲蒂會慢慢冒出一堆足夠讓你疑惑、驚嚇、意外，甚至滿足你的想像力、考驗你的耐心和智商的事件來。

推理小說不都是這樣嗎？你說得沒錯，大部分是這樣，不一樣的是……對了，她像條春伯，像山田洋次，她真會說，而且她用文字說。

文字的敘述可以讓全世界幾代的人「聽」得過癮、「聽」個不停，除了聖經，也許就是克莉絲蒂。她不是神，但她真的夠神。

數十年前，台灣剛剛出現她的推理系列中譯本，那時是我結婚前，常有同齡的文藝青年來我租住的地方借宿，瞄到我在看克莉絲蒂，表情詭異地說：「啊？你在看三毛促銷的這個喔？」

我只記得他抓了一本進廁所，清晨四點多，他敲開我的房門說：「幹，我實在很討厭那個白羅……再拿一本來看看，我跟你說真的，要不是你的書，我真的很想把那個矮儸壓到馬桶吃屎！」

我知道他毀了，愛吃又假客氣，撐著尊嚴騙自己。克莉絲蒂再度優雅地撕破一個高貴的知識份子的假面具，她的手法簡單，那手法叫通俗，絕對自覺的通俗，無與倫比、無法招架的功力。

昔日的文藝青年如今跟我一樣，已然老去，但不時還會看到他寫一些充滿理念和使命感極重的文章，在報紙和雜誌上出現。我知道他要說什麼，只是常常疑惑他想跟誰說；同樣，我記得他說過什麼，但轉眼間忘記他說了什麼。但請原諒我，幾十年前那個晚上，他在我家看完的那兩本克莉絲蒂的小說內容，我可還記得清清楚楚。

也許有一天再遇到他的時候，我會問他之後是否還看過克莉絲蒂其他的書，如果沒有，我會跟他說，想讀要趁早，因為你會老、會來不及。至於白羅那個矮儸，大概永遠不會消失。哦，對了，還有一個叫瑪波，你說不定會來不及認識……

老派偵探之必要

冬陽（推理評論人，台灣推理作家協會理事長）

「讀者非常喜歡白羅這個人物，表示『那個開朗的小個子，過氣的比利時名偵探』。顯然白羅是這本小說受歡迎的一個原因，雖然白羅可能不贊同用『過氣』二字來形容他。」知名編輯兼作家經紀人約翰·柯倫（John Curran）在《阿嘉莎·克莉絲蒂的秘密筆記》一書如是說，文中提到的「這本小說」，正是克莉絲蒂初試啼聲、名偵探赫丘勒·白羅優雅登場的《史岱爾莊謀殺案》，一部於一個世紀前出版的偵探推理作品。

百年光陰的淬鍊顯然證明了白羅絕無過氣的疲態，連帶讓我聯想起電影《金牌特務》（*Kingsman*）上映後，大眾熱議西裝如何能帥氣俊挺歷久不衰——或許可以從這個切入角度，在這裡跟老書迷、新讀友探究這個蛋頭翹鬍子偵探（我沒有影射哪款洋芋片食品喔）的魅力所在。

且讓我們話說從頭。

「我敢打賭你寫不出好的推理小說。」一九一六年，阿嘉莎．米勒（克莉絲蒂婚前的舊姓）在媽媽的打字機上敲擊，打算回應姐姐梅姬這挑釁的話語。她努力嘗試，但故事寫得不好，於是改從身旁熟悉的事物著手——比方說毒藥。阿嘉莎在藥房工作過，曾在某個夜裡驚醒，匆匆回到調劑室重新配置，因為她不記得有沒有漏做一個重要步驟，否則病患就要去見閻王了——噢，這似乎是個謀殺好點子。

阿嘉莎還記得姨婆對她的叮嚀：要注意他人覬覦她珍藏的首飾，時時留意是不是有人偷偷拉長了耳朵聽她們的竊竊私語。小阿嘉莎不但執行得徹底，還把這個習慣寫進小說裡。同時她還注意到，因為世界大戰爆發，家鄉托基湧入許多比利時難民，不如讓一個逃難到英國的比利時退休警官擔任偵探？一定很有趣！

啊，偵探小說顧名思義，只要塑造出一個教人印象深刻的偵探，大概就成功一半。這個人物必須要有特色、有個性，甚至是怪癖，而且聰明又自負。好幾個名字浮現在她腦海裡：莫里斯．盧布朗（Maurice Leblanc）筆下的怪盜紳士亞森．羅蘋、卡斯頓．勒胡（Gaston Leroux）創造的新聞記者胡爾達必，當然還有那最最知名的夏洛克．福爾摩斯——連帶創造一個華生型的助手好了。該怎麼安排呢……

於是，一位偵探的樣貌漸漸成形：五呎四吋的小個兒，蛋型臉上蓄著保養得宜、梳理有型的鬍子，衣著一塵不染，漆皮鞋擦得錚亮。他有嚴重的潔癖，說話不時夾雜法語，喜歡成雙成對的東西，喜歡方的不喜歡圓的（雞蛋為什麼不是方的呢？），口頭禪是「動動灰色的腦細胞」。阿嘉莎心想，他應該要有個像福爾摩斯一樣響亮的名字，取名「赫丘勒斯」怎麼樣？希臘神話中的大力士。姓氏叫白羅，不過搭赫丘勒斯這個名字好像不配……改一下，赫丘勒·白羅好像不錯？就這麼定了吧！

白羅很聰明，懂得觀察入微沒錯，但這並不表示他就得是台獨尊腦袋、缺乏情感的冰冷思考機器，尤其要在人物關係錯綜複雜的莊園宅邸查案追凶，交際手腕得高明些才行。他不是在謀殺發生、屍體出現後才開始像頭獵犬四處嗅聞，而是憑藉旺盛的好奇心與強烈的同理心接觸各種人事物，進而探入被害者、犯罪者、各個看似無辜但多少都和事件沾上邊的關係者的心靈深處，佐以現今稱作鑑識、法醫等等科學鐵證（哎，證據人人知道，可是要怎麼跟真相合理地連結到一塊，這就是名偵探的功力啦），讓原本叫人束手無策的事件得以畫下完美句點。也因此，白羅偶爾能預測進而制止罪案的發生，甚至對殘酷但值得憐憫的罪行網開一面，這樣才合乎人性不是嗎？

婚後以阿嘉莎·克莉絲蒂為名，推出《史岱爾莊謀殺案》後深獲好評，相隔六年的《羅傑艾克洛命案》更是引發街談巷議，而克莉絲蒂全球暢銷前十大作品中，還包括《東方快車謀殺案》、《尼羅河謀殺案》、《ＡＢＣ謀殺案》、《藍色列車之謎》、《底牌》、《五隻小豬之歌》，合計八部皆由白羅擔綱演出。讀者不只喜愛這個聰明角色，還臣服於平實流暢的文筆及相對顯得衝突的複雜劇情，冷酷的謀殺動機隱藏在細膩的人際關係裡，穿透看似單純、帶點童話氣息的表象後，端賴名偵探明察秋毫、撥亂反正。尤其讓一個比利時人在英國土地上辦案，是克莉絲蒂的小心思，因為「英國人總是不信任外國人，也不相信睿智」（語出英國偵探俱樂部主席馬丁・愛德華茲〔Martin Edwards〕），讀者同凶手一樣輕忽不設防，卻也得到了參與鬥智競賽的意外驚奇和美好滿足。

這樣的閱讀感受，我稱之為「老派偵探之必要」，因為它純粹簡約，經得起反覆咀嚼，猶如前述的西裝革履，在潮流更迭的時間長河裡維持恆久的優雅風範——呼應吳念真先生寫在「策畫者的話」中的一段文字，那不是惺惺作態的高傲睥睨，而是「絕對自覺的通俗，無與倫比、無法招架的功力」所致。

不信？往下讀去就知道。而且我敢打賭，你有很高的比例會將整個白羅系列嗑完，然後是瑪波小姐系列以及其他系列，當然也不可能錯過像名列暢銷首位的《一個都不留》這類獨立之作……

註　克莉絲蒂推理全集一至三十八冊為「神探白羅系列」，三十九至五十二冊為「神探瑪波系列」，五十三至八十冊包含鬼豔先生、湯米與陶品絲、雷斯上校、巴鬥主任等名探故事。

獻詞

阿嘉莎．克莉絲蒂是世界讀者最眾，也最廣受喜愛的女作家。
身為克莉絲蒂的孫兒，我相信奶奶會非常樂見這次出版，
因為她極以自己作品中的趣味與娛樂為豪。
歡迎所有喜歡本系列的台灣新讀者參與這場饗宴！

——馬修．培察（Mathew Prichard）

01 不速之客

我曾遇過一些人很能享受渡輪橫越海峽之樂，他們在抵達目的地時，可以心平氣和地坐在摺疊式躺椅上，等到渡輪停靠妥當，才從容不迫地收拾行李下船。就我個人而言，我永遠也辦不到。一上了船，我就覺得做什麼事時間都不夠用。我會不停將行李移來移去；如果下樓到餐廳用餐，我會狼吞虎嚥，心中充滿不安，生怕人在樓下的時候，渡輪會突然抵達目的地。這種習慣或許都是在戰爭期間養成的，因為作戰時期休假時間很短，上了船最重要的是占據一個靠近出口的地方，以便在下船時可以搶先。畢竟休假只有三、五天，寸金寸光陰。

在這個七月的早晨，我站在欄杆邊，看著多佛的白色峭壁愈來愈靠近。我很驚訝這時竟然還有乘客可以安然坐在椅子上，對於初入眼簾的故土無動於衷，心裡不禁暗暗稱奇。不過，或許他們的情形和我不一樣。很多人無疑只是渡海到巴黎過週末，而我過去一年半都住在阿根廷的農莊裡。我在當地事業有成，內人和我都很喜歡南美洲自由自在的生活。儘管如此，看到熟悉的海岸愈來愈近，我不禁哽咽起來。

我在兩天前抵達法國，辦妥了一些要事，現在要前往倫敦，預計要待上幾個月，以便和老友敘敘舊。我特別要見的人是一位矮小的男子，他的頭呈雞蛋形狀，眼睛是綠色的，他就是赫丘勒．白羅！我打算出其不意登門造訪。我從阿根廷發出的最後一封信並沒有透露行程，畢竟當時生意出了一點問題，出差的決定下得也很倉卒，而一想到他看見我時又驚又喜的表情，我不禁沾沾自喜。

就我所知，他不會離開他的總部太遠。以前他常為了辦案跑遍英格蘭，現在已經不用了。如今他聲名遠播，不會再讓一個案件占據他所有時間。他愈來愈專注於塑造自己成為「顧問偵探」，成為和哈雷大街上的醫生一樣的專業人士。一般人一提及偵探，都會直覺想到緊追不捨、能夠巧妙易容來追捕罪犯的人，而且一看到腳印就會停下來測量一番。而他一向最討厭這種形象。

「不對，海斯汀老弟，」他會說，「那種形象，我們就留給吉羅和他的朋友們。赫丘勒．白羅的辦案手法獨樹一幟，不但注重條理與方法，還要動動灰色的腦細胞。我們只要安安穩穩地坐在扶手椅上，就可以看見他們忽略掉的線索，我們不要像傑派一樣，總愛妄下斷言。」

不對，我有點擔心赫丘勒．白羅出遠門去了。一到達倫敦，我就將行李寄放在旅館，直接趕往老地址，腦海裡淨是鮮明的回憶。我等不及和以前的房東夫人打招呼，一步兩階匆忙上樓，敲著白羅的門。

「請進。」裡面傳來熟悉的聲音。

我大步走進去。白羅站在我正前方，雙手正提著一個小手提箱，一看見我就轟的一聲掉在地上。

「我的老弟，海斯汀！」他大叫，「我的老弟，海斯汀！」

然後他衝過來重重擁抱我。我們之間的對話牛頭不對馬嘴，驚嘆聲、急切的問題、不完整的答案、內人的問候、此行的目的等等，全都交錯在一起。

「我以前的房間現在有人住吧？」最後情緒稍微平靜下來時我問道。「我希望可以再借住一段時間。」

白羅的臉色驟變。

「天啊！真是不湊巧。老弟，你看看。」他夾雜著法文說。

這時候，我才注意到周遭事物。牆邊放著一大只木箱，上面有史前文物的花紋；木箱附近有幾個行李箱，依大小整齊排列。整個用意再清楚不過了。

「你正要出門？」

「沒錯。」

「到哪裡？」

「南美洲。」

「什麼？」

「沒錯，很好笑，對吧？我要去的地方是里約。我每天都告訴自己，信裡面絕不能提這件事，我要好好看看海斯汀見到我時驚喜的表情啊！」

「你什麼時候動身？」

白羅看著手錶。

「一個小時後。」

「你以前不是說，天大的事都不會讓你搭船遠行嗎？」

他閉上雙眼，微微顫抖。

「別提了，老弟。我的醫生向我保證，搭船死不了人，而且我只搭這一次。你要知道，我永遠、永遠也不會回來了。」

他把我推向一張椅子，讓我坐下。

「讓我好好告訴你事情的原委。誰是全世界最有錢的人，你知道吧？甚至連洛克斐勒都比不過？艾伯．瑞蘭德。」

「美國肥皂大王嗎？」

「就是他。他的一個祕書跑來找我，說里約的一個大公司涉及一件相當龐大的騙局，他希望我前往調查。我婉拒他的請求，告訴他如果能將事實呈現在我眼前，我可以提供專家的意見，不過他說他礙難從命，一定要我到達里約時才能告訴我詳情。一般而言，事情到了這個地步就沒什麼好談了，想要讓赫丘勒．白羅奉命行事，門都沒有。不過他提出的價碼實在很高，害我有生以來頭一次見錢眼開。那筆錢數目很大，以後都不愁吃穿了！而且我接受的原因還不只這個——因為我想見見你。過去這一年半以來，我這個老頭子一直都很寂寞。我心裡想，不妨接下來算了。我已經開始厭倦老是解決一些愚蠢的問題。現在我名聲也有了，乾脆接受這筆錢，搬到老友附近去住算了。」

讓白羅如此看重，我相當感動。

「所以我就接下來了，」他繼續說，「一個小時後我就得啟程搭火車前往碼頭。人生就是這麼矛盾，對吧？不過我可以向你承認一點，海斯汀，如果這筆錢的數目沒有這麼大，我可能還是會三心二意，因為最近我才開始調查一個案子。你知道所謂的『四大天王』是什麼意思嗎？」

「就我所知，應該源自凡爾賽會議時的四強領袖，然後就是電影界著名的四大明星，四大天王是年輕小孩的用語。」

「是這樣啊，」白羅若有所思地說，「我最近聽到這個詞的場合，都沒有辦法用上述的定義來解釋。聽起來似乎是有關國際犯罪組織或類似的東西。只不過……」

「只不過什麼？」他遲疑的時候我問道。

「只不過我猜想，這件事涉及的層面很廣。這只是我自己的淺見而已。啊，可惜我時間不多，該繼續打包行李了。」

「別去了，」我要求他。「取消原定計畫，和我搭同一艘船走。」

白羅起身，以責備的眼光瞪著我。

「啊，你真是搞不清楚狀況！我已經答應別人了，我赫丘勒．白羅一言九鼎。除非有攸關生死的重大事件發生，不然現在我是非走不可。」

「那看來是不可能了，」我有點惱怒地喃喃說，「除非到了最後關頭，『大門打開，不速之客走進來。』」

我笑了一下引述了一段對話，然後停頓下來。因為這時裡面房間傳來一聲巨響，嚇了我們兩人一跳。

「什麼聲音？」我大叫。

「天啊！」白羅也大聲說，「聽來像是你所謂的『不速之客』就在我的臥房裡。」

「怎麼會有人在你臥房裡？臥房就只有這個門而已啊。」

「你的記性真好，海斯汀。現在你來推斷一下。」

「窗戶！是小偷嗎？他一定是費盡九牛二虎之力才爬進來，不太可能嘛。」

我起身大步走向臥房，這時門裡面傳來門把轉動的聲音，讓我緊張起來。

門慢慢打開來，門口站了一名男子，全身上下沾滿灰塵和泥巴，臉形瘦弱。他看了我們一會兒，然後踉踉蹌蹌跌倒在地上。白羅連忙跑到他身邊，隨即抬頭對我說話。

「拿白蘭地……快點。」

我匆匆在酒杯裡倒了一點白蘭地端來給他。白羅盡量讓他多喝一點。我們兩人合力將他撐起來，攙扶到沙發上。幾分鐘後他睜開眼睛，環顧四周，眼神空洞。

「你想做什麼，先生？」白羅問。

男子張開雙唇，以怪異的機械化語調說：「赫丘勒．白羅先生，法勒威街十四號。」

「是的，對，我就是。」

男子似乎並沒有了解，只是用相同的語調重複同一句話。

「赫丘勒．白羅先生，法勒威街十四號。」

白羅問了他幾個問題，有時候他根本完全不回答，有時候他重複同一句話。白羅對我做手勢，要我打電話。

「請理吉威醫生過來一趟。」

幸好醫生人在家，而他的住所離這裡不遠，轉眼間他就已匆忙走進來。

「怎麼啦？」

白羅簡短向他解釋，醫生開始察看這位突如其來的訪客——他似乎渾然不知身在何處。

「嗯……」理吉威醫生看完病人後說，「真奇怪。」

「是腦熱症嗎？」我試探地說。

醫生立刻用充滿鄙夷的鼻音說：「腦熱症！腦熱症！根本就沒有什麼腦熱症這種病。那根本就是小說家編出來的。這個人受到了不明的驚嚇。他之所以能夠到達這裡，全憑一股堅強的意志，一心一意想找到住在法勒威街十四號的赫丘勒．白羅先生。他嘴裡機械式複誦同一句話，心裡卻一點也不知道是什麼意思。」

「是失語症嗎？」我很急切地問。

我這次提到的病名，並沒有讓醫生再度嗤之以鼻，但他也沒有回答，只是遞給他紙筆。

「他要寫什麼，且讓我們拭目以待。」他說。

男子半晌沒有什麼動作，接著突然開始振筆疾書，隨後又突然停筆，讓紙和筆都掉落到地上。醫生拾起來，搖搖頭。

「什麼都沒有。只重複寫了十幾個阿拉伯數字4，一個比一個大。我猜想他是要寫法勒威街十四號吧。這個病例值得研究，很有研究的價值。你能不能把他留到今天下午？我現在要趕到醫院去，下午會回來幫他安排治療事宜。這個病例值得研究，我不想錯過。」

我向他說明白羅即將遠行，也告訴他，我準備陪白羅到南安普敦。

「沒關係，讓他待在這裡也無妨，他搞不出什麼花樣。他整個人已經虛脫了，可能會一覺昏睡八個小時。我會告訴你們那個大花臉房東太太，吩咐她要好好照顧這個人。」

理吉威醫生匆忙離去，身手還是像往常一樣矯健。白羅完成了打包的工作，眼睛不時注意著時鐘。

「時間啊，飛逝的速度真令人難以置信。來吧，海斯汀，這麼一來，你總不能說我讓你閒著沒事做了。這個案子是最精采不過了。這個陌生男子究竟是誰？什麼來頭？啊，真可惜，我寧可犧牲兩年的性命讓船晚一天出發。這裡發生的事情非常詭異，非常有意思。只是時間不夠，時間不允許啊。他可能需要好幾天，甚至好幾個月，才能告訴我們他此行要傳達的訊息。」

「我會盡力而為的，白羅，」我向他保證。「我會盡我所能代替你行事。」

「好……好吧。」

他的回答讓我感到一絲疑惑。我拾起紙筆。

「如果要我寫故事的話，」我輕輕說，「我會把這件事和你最近異常的舉止糅合在一起，書名就稱為『四大天王神祕事件』。」我邊說邊拍著用鉛筆寫下的數字。

這時候，本來已經沒有行為能力的男子突然清醒過來，嚇了我一跳。他在椅子上坐直身體，清晰說出：「李昌彥。」

他臉上的表情彷彿突然從睡夢中驚醒。白羅向我示意不要開口。男子繼續說話，他的音調清晰高昂，令我感覺他是在朗誦什麼書面報告或演講稿。

「李昌彥或許能視為四大天王的首腦，因為他掌握全局，主導一切。因此我將他定為一號。二號很少有人提到他的名字。他的名字用畫了兩條線的S來代表，就是美元的符號，也可以用兩條線和一顆星來表示。我們因此可以推斷他是美國公民，他代表了財勢。三號毫無疑問的是名婦女，其國籍為法國，她很有可能是神話世界的女妖，不過目前並不能確定。四號是……」

他的聲音顫抖而斷斷續續。白羅靠向前去。

「你說，」他急切地想要他接下去說，「四號是？」

他緊盯著男子的臉。一股令人窒息的恐懼籠罩在我們周遭，他臉上的表情也跟著扭曲變形。

「毀滅者……」

男子喘著氣說，隨後他痙攣一陣，向後躺平，昏死過去。

「我的天啊，」白羅低聲說，「我說的沒錯，我說的真沒錯。」

「你認為是——」

他打斷我。

「把他抱到我房間的床上。如果要趕上火車的話，我已是分秒必爭。但我實在不太想去搭這班火車。噢，我是可以錯過火車而對得起自己的良心，不過我已經許下承諾。來吧，海斯汀！」

我們將神祕訪客交代給皮爾森太太照顧，開車離去，正巧在火車即將出發之際趕上。白羅時而沉默，時而滔滔不絕。他一下子凝視著窗外的景色，像是迷失在夢境，我對他說的話，他一個字也沒聽進去；一下子又突然回復眉飛色舞的神態，對我發出一連串的命令和指示，還要求我一定要經常來信保持聯絡。

經過了渥金之後，我們沉默了好長一段時間。火車原是直達南安普敦，中途沒有停靠任何車站，然而到了這裡卻因為一個號誌而停了下來。

「啊！我真該遭到天打雷劈！」白羅突然大叫。「我真是白癡一個，到現在才想通。一定是上天停住了火車。跳車，海斯汀，趕快跳車，聽我的沒錯。」

不一會兒他已經打開包廂門，跳到鐵軌上。

「先把行李扔下來，然後往下跳。」

我照著做。一跳下車來到他的身邊，火車又開始前進。

「好了，白羅，」我有點氣急敗壞地說，「你可以告訴我到底是怎麼回事了吧。」

「老弟啊，我想通了。」

「是啊，」我說，「承蒙賜教。」

「應該沒錯，」白羅說，「不過我還是擔心……我很擔心不是我想像的那樣。如果你能幫我提這兩個皮箱，我應該可以應付其他東西。」

02 療養院來的男子

還好剛才火車停在一個車站附近，走幾步路就到了一個停車場，我們也得以弄來一輛車。半小時後我們就朝倫敦急駛回去。直到這個時候，白羅才肯滿足我的好奇心。

「你難道沒有看出端倪嗎？我先前也沒有，不過我現在清楚了。海斯汀啊，他們是不想讓我礙手礙腳。」

「什麼！」

「沒錯。真的很聰明，地點和方法都選得極為高明。他們很怕我。」

「誰怕你？」

「就是那四個絕頂聰明的人。他們集結在一起，一同從事非法活動。一個是中國人，一個是美國人，一個是法國女人，還有另外一個。海斯汀，我們能夠及時趕回來，實在要感謝上帝恩典。」

「你認為剛才來找我們的人會有危險？」

「我很確定。」

我們一到，皮爾森太太就過來迎接。她看到白羅時一臉訝異，我們並未加以理會，只是詢問了一些想知道的事情。問過話後感覺放心不少，因為沒人來拜訪，我們的不速之客也沒出現任何異常跡象。

我們嘆了一口氣，如釋重負，往房間的方向走去。白羅穿越外面的房間，走進裡面的房間。然後我聽到他叫我的名字，不知為何語調充滿焦躁。

「海斯汀，他死了。」

我跑到他身邊。男子躺平的姿勢，就是我們離開時的模樣，不同的是，他現在已經氣絕身亡，而且已經死去多時。我衝到外面叫醫生。我知道理吉威醫生應該還沒回家，因此很快就找到另一位醫生，帶他回到白羅家。

「他老早就翹辮子了，真可憐。是你認識的遊民吧？」

「差不多，」白羅語帶規避的意味。「醫生，他的死因是什麼？」

「很難說。可能是什麼病發作吧。是有一些窒息的跡象。該不會是瓦斯中毒吧？」

「沒有瓦斯，我們都用電燈。」

「而且兩扇窗戶都開得大大的，大概死了兩個小時。你們會通知家屬吧？」

他隨後就告辭了。白羅打了一些必要的電話，最後打給我們的老友傑派探長，這有點出乎我的意料之外。他在電話裡問傑派是不是能過來一下。

他一打完電話，皮爾森太太就過來，眼睛睜得像碟子一樣大。

「有個客人說他是從漢威爾的療養院來的。你是不是要見他？要不要我帶他上來？」

我們表示同意。她帶來了一名身形魁梧、身穿制服的男子。

「早安，先生們，」他欣喜地說，「我有足夠的理由相信，我們的一隻小鳥飛到這裡來了。他啊，是昨天晚上逃走的。」

「他是來過這裡。」白羅悄然說道。

「沒有讓他再溜走吧？」管守員以些許憂慮的語氣問。

「他死了。」

男子的表情看起來如釋重負。

「正合我意，這麼一來，對誰都好。」

「他是不是……很危險啊？」

「你是說他會不會殺人嗎？噢，不會。他沒有什麼威脅性，只是有很嚴重的被迫害妄想，成天說有很多中國的地下組織要把他關起來。這種人都是一樣啦。」

我打了一個寒顫。

「有多久？他被關進去有多久了？」白羅問。

「大概兩年了。」

「哦，」白羅靜靜地說，「難道沒有人認為他精神……可能很正常？」

管守員不禁大笑。

「如果他精神正常，怎麼會被送進療養院？你也知道，這種人一定說自己很正常。」

白羅不再開口。他帶管守員進房間，讓他看看遺體，他馬上就認出死者的身分。

「就是他，錯不了，」管守員不帶感情地說，「這小子很可笑對不對？好吧，先生們，我該去料理一些事情了，不會讓屍體留在這裡太久。如果法醫要進行審訊，我猜你大概要出面說明。告辭了。」

他隨隨便便鞠躬，踉踉蹌蹌走出房間。

幾分鐘後，傑派來到白羅家。傑派這位蘇格蘭警場的探長和往常一樣輕快、整潔。

「白羅，我人已經來了，有什麼可以效勞的地方？我還以為你前幾天去了哪裡的珊瑚島，不是嗎？」

「傑派啊，我是想知道，你以前有沒有看過這個人。」

他帶著傑派進入臥房。傑派低頭看著床上的人，臉上寫滿了問號。

「讓我想想看……他有點面熟……我對自己的記性頗為自豪。啊，天啊，是梅爾林嘛！是情報局的人，不是我們的人。他五年前去了俄國，從此就音訊全無。我們一直以為布爾什維克黨把他幹掉了。」

「那就對了，」白羅在傑派離去後說，「只不過，他的死亡似乎沒有外力因素。」

他站著俯視一動不動的屍體，皺著眉頭表現出不解的神情。一陣風將窗簾吹向外，他陡然抬頭看。

「海斯汀，你讓他躺在床上的時候，是你打開窗戶的吧？」

「沒有啊，我沒開窗戶，」我回答，「就我所記得的是，當時窗戶沒開。」

白羅突然抬起頭來。

「當時沒開，現在卻開著，這是什麼意思？」

「有人從窗戶爬進來。」我說。

「有可能。」白羅同意，不過他的語氣漫不經心，不置可否。過了一會兒他說：「海斯汀，我心裡想的不盡然如此。如果只有一扇窗戶打開，我就不會感到如此疑惑，是兩扇窗戶同時開著，才啟人疑竇。」

他快步走進另一個房間。

「客廳的窗戶也開著。我們走的時候是關著的啊！」

他俯身仔細檢視死者的嘴角，接著突然抬起頭來。

「海斯汀，他其實是被堵住嘴巴，然後慘遭下毒。」

「天啊！」我頗為震驚地大叫。「我想這驗屍後就能真相大白了。」

「我們什麼真相都得不到。他的死因是吸入強烈的氫氰酸，被人從鼻子裡強行灌進去的。凶手在打開所有窗戶後才離去。氰酸的揮發性極高，不過卻有濃烈的苦杏仁味。既然聞不到毒氣，便不會懷疑到有人下毒，醫生可能因此就判定死者死於自然因素。這個人原來是情報員啊，海斯汀。五年前在俄羅斯不見了蹤影。」

「過去兩年他都待在療養院，」我說，「不過，進療養院前的三年，他做了什麼？」

白羅搖搖頭，然後一把抓住我的手臂。

「時鐘，海斯汀，看看時鐘。」

我順著他的視線望向壁爐架，時鐘停在四點。

「老弟啊，時鐘被人動了手腳，本來時鐘還可以跑三天。這個時鐘是八日鐘，你知道嗎？」

「只不過，他們動時鐘的手腳究竟用意何在？讓時鐘停下來，故意讓人認為命案發生的時間是四點嗎？」

「不對，不對。老弟，你再重新整理一下思緒，運用一下灰色腦細胞。你現在是梅爾林，你聽到了什麼東西……你也知道自己的生命到了盡頭，只剩下一點時間可以留下線索。四點鐘，海斯汀。四號，毀滅者，啊，他的點子真不賴！」

他衝進另一個房間，拿起話筒找漢威爾。

「是療養院嗎？我知道你們今天有個病患逃脫了，對吧？你說什麼來著？請你稍候。可以請你再重複一次嗎？啊，太好了！」

他掛上電話，轉身面對我。

「海斯汀，你都聽到了吧？根本沒人逃脫。」

「可是，不是來了一個人……一個管守員嗎？」我說。

「我很懷疑，我真的很懷疑。」

「你的意思是——」

「四號，毀滅者。」

我看著白羅，驚訝得說不出一個字，過了一會兒才回過神來，說：「不管走到哪裡，我們遲早會再碰見他。他這個人的長相相當突出。」

「是嗎，老弟？我不這麼認為。他長得魁梧，動作粗魯，臉色紅潤，鼻下鬍子濃密，嗓音沙啞。不過這個時候，他一定整個人改頭換面了。至於其他五官，他的眼睛並沒有什麼特出之處，耳朵也缺乏特徵，假牙也整齊得看不出特異之處。要認出這個人，並不如你想像中的容易。下一次——」

「你以為還會有下一次？」我打斷他。

白羅的臉色變得非常凝重。

「老弟，這是攸關生死的決鬥，你和我站在同一陣線，而四大天王則站在另一邊。第一局他們贏了，不過他們的調虎離山之計並沒有得逞，我並未中計。未來他們不能再看低赫丘勒．白羅的能力了！」

03 李昌彥一二事

在冒牌療養院管守員造訪的一兩天之後，我還是有點希望他會回來，所以不願意離開這個公寓，即使一刻也不行。就我的想法，他沒有理由懷疑我們已經看穿他的偽裝。我認為他可能會回來處理屍體，然而白羅對我的看法嗤之以鼻。

「老弟啊，」他說，「如果你喜歡守株待兔，那就守著吧，我可不願浪費時間空等。」

「好吧，白羅，照你這麼說，」我反駁，「那為什麼他先前要冒險來探望？如果他稍後回來處理屍體，我還看得出他造訪的目的，至少他可以湮滅不利於自己的證據。照現在的情形來看，他似乎沒有得到什麼好處。」

白羅大大的聳聳肩，相當不以為然。

「可惜你並未透過四號的眼睛來看整個事情，海斯汀，」他說，「你提到了證據，我們究竟有什麼不利於他的證據？遺體在我們手上，這一點無庸置疑，但是我們連這個人是不是遭到謀殺都無法證明。氫氰酸在吸入後不留任何痕跡。而且，我們找不到任何人可以證明有人在我們離去的這段時間進入公寓。對於死去的梅爾林而言，我們一無所知……

「海斯汀啊，四號什麼線索都沒留下，他也很清楚這一點。他的出現，我們姑且稱之為偵察行動。也許他是想百分之百確定梅爾林已經氣絕身亡。不過我認為更有可能的是，他是來看看赫丘勒．白羅，來和他當面對話。如果單獨面對白羅，他一定倍感恐懼。」

白羅的推論聽來不免有自我吹捧之嫌，這是他一貫的作風，不過我壓抑自己，不要和他頂嘴。

「審訊時你打算怎麼辦？」我問。「我猜你大概會將事情解釋得一清二楚，將四號完完整整描述給警方聽。」

「這樣對我們有什麼好處？陪審團全都是你們英國佬，我們說什麼才可以讓他們心服口服？就算我們描述了四號，又有什麼價值？什麼價值都沒有。我們還是讓他們宣布『意外身亡』，然後或許聰明的凶手會安慰自己，嘉勉自己在第一回合矇騙了赫丘勒．白羅。」

白羅和往常一樣說對了。療養院的那個人沒有再上門，我在審訊中提供了證據，白羅則連露個臉都省了，整個案子沒有引起社會大眾的注意。

由於他本來即將動身前往南美洲，在我來到他的公寓之前，他已經將身邊的事務全部做了了結，手中也沒有案子。不過儘管他整天幾乎都待在公寓裡，我卻很難接近他。他大都坐在扶手椅一動也不動，我想和他交談時，他都避不搭腔。

之後有天早上，大約是在命案發生後的一個星期，他要出門一趟，問我想不想跟他去。我很高興，因為我覺得他想單打獨鬥解決這個案子，我認為他的做法並不明智，而我也想和他討論討論案情。但我還是覺得他並不想和人溝通，連問他要上哪裡他都不回答。

白羅就是喜歡故作神祕。他不到最後關頭，絕不透露一絲訊息。這一次，我們連續轉搭一次公車和兩個班次的火車，抵達倫敦南區相當貧困的郊區。這時他才同意解釋事情原委。

「海斯汀，我們是要去探望一個人，他是全英格蘭最清楚中國黑社會的人。」

「真的！他是誰？」

「這個人的名字，你從來沒聽過，他叫約翰．英格斯。說穿了他不過是個退休的公務員，才智平庸，家裡堆滿了中國古董，常拿來向朋友和他認識的人炫耀。儘管如此，我很確定唯一能夠提供給我這種資訊的人，非約翰．英格斯莫屬。」

又過了一會兒，我們便已登上月桂廳的階梯。月桂廳是英格斯先生的公館。我一棵月桂都沒看見，所以推斷命名的由來是鄉鎮地區那種曖昧不明的術語。

出來迎接我們的人，是一名面無表情的華裔僕人，他帶領我們去見屋主。英格斯先生體型方正，膚色偏黃，眼眶深邃，黯然投射出他的性格。他起身迎接我們，把手上一封打開的信件放在一旁。打過招呼後，他提到了那封信。

「請坐請坐，赫斯利說你們想要一點資訊，說我可能可以幫上忙。」

「先生，他說的沒錯。我是想請教你，知不知道一位名叫李昌彥的人？」

「不妙啊……事情真是不妙啊！你是怎麼聽到這號人物的？」

「這麼說來，你知道這個人？」

「我遇見過他一次，對他略知一二，不過了解得還不夠多。在英格蘭這個地方，竟然有人聽過他的名字，更讓我驚訝。他這個人自成一格，是那種官吏階級的人士，但那不是重點所在。我們有足夠理由假設，他就是背後那個人。」

「什麼事的背後？」

「整件事情啊。全球動盪不安，每個國家都發生工潮，有些國家還爆發了革命。有些頭腦清明的人士——他們並無意擾亂民心，他們表示，動盪的背後有一股力量，主要目的就是要摧毀文明世界。在俄羅斯，你也知道，有許多跡象顯示，列寧和托洛斯基只不過是檯面上的傀儡，一舉一動都受制於他人的指使。我無法向你提出任何具體的例證，不過我堅信首腦就是李昌彥。」

「少來了，」我抗議，「你這樣說會不會扯太遠？一個中國佬怎麼會在俄羅斯搞鬼？」

白羅一臉不悅地對我皺眉。

「海斯汀，對你來說，」他說，「如果事情和你的想像有所出入，不論什麼事你都覺得扯得太遠了。對我來說，我同意這位先生的話。先生，請您還是繼續說下去。」

「他究竟想從中獲得什麼樣的好處，我也說不上來，」英格斯先生接著說道，「不過就我推測，他的毛病和歷史上的偉人一樣，從民族戰士阿卡巴和亞歷山大大帝，乃至於拿破崙，都在追求權力和個人至高無上的優越感。直到今日之前，如果要征服世界，一定要具備武裝部隊，然而由於本世紀動盪不安，像李昌彥這種人就可以使用其他方式來順遂心願。我有證據可以顯示他背後資金源源不絕，可以用來賄賂和宣傳，而且也有跡象顯示，他掌控了部分科學界的力量，比世人所想像的還要強大。」

白羅仔細聆聽英格斯先生的話。

「在中國呢？」他問道，「他在那裡也呼風喚雨嗎？」

英格斯用力點頭表示同意。

「這一點啊，」他說，「我沒辦法提出法律上站得住腳的證明，只是從個人所知來發表意見。近來在中國有頭有臉的人物，我全都認識，而我可以告訴你；在社會大眾面前曝光率最高的人，是最無足輕重的人，他們都是牽線木偶，隨著首腦的音樂起舞，而這個首腦正是李昌彥。他是目前東方世界的首腦，宰制所有的人。文明世界並不了解東方，也永遠無法了解，而李昌彥卻是主宰東方的精神領袖。我並不是說他是檯面上的人物，他不是。他從來不曾步出位於北京的皇宮，卻能拉動繩索……沒錯，就是拉動繩索，推動在遠方的任務。」

「難道沒有人反對他的做法嗎？」白羅問。

英格斯坐在椅子上往前靠。

「過去四年來，有四個人和他唱過反調，」他慢慢說，「都是具有高尚情操、誠實正直、聰明絕頂的人士。他們四個人任誰都有可能阻止他的計畫。」他停了下來。

「結果呢？」我問。

「結果啊，全都壯烈成仁了。其中一人寫了一篇文章，裡面提到了李昌彥與北京發生的暴動有關，兩天後他被人在街上刺死，凶手一直沒找到。另外有兩人也做了類似的事，都在演說中、文章裡或是對話中，不慎將李昌彥的名字牽連到暴動或革命，結果不到一個星期都因此而送掉一條命。還有一人遭下毒，另一人死於霍亂——這是屬於單獨的個案，並非大流行時傳染到的。還有一人死在自己床上。最後一人的死因一直未曾確定，不過一位看過屍體的醫生告訴我，依照屍體燒焦萎縮的跡象看來，可能是遭到極高壓的電流電殛而死。」

「李昌彥呢？」白羅問，「自然追查不到他身上，不過，總有一些蛛絲馬跡吧？」

英格斯先生聳聳肩。

「噢，蛛絲馬跡……有啊，當然有。我有一次碰到一個願意說出祕密的人。他是李昌彥的手下，是一名年輕有為的中國化學家。他有一天來找我——我看得出來，他隨時都有可能精神崩潰——他向我暗示他在李昌彥的豪宅中幫他做過一些實驗——利用苦力的肉體來做實驗，對人類的生命極不尊重，慘不忍睹。他整個人的心智完全喪失，心中充滿極度恐懼，令人不禁同情。我讓他睡在家裡最上面的一個房間，打算隔天再追問他，結果呢，我這種做法太蠢了。」

「他們怎麼找到他的？」白羅質問。

「我永遠也不會知道。我當天晚上醒了過來，發現自己的房子失火了。很幸運我自己逃出了火窟，撿回一條命。調查結果顯示是頂樓突然發生一場大火，火勢凶猛令人難以置信，那位化學家的遺體也被燒成灰燼。」

英格斯先生講話的神情興高采烈，活像是坐著木馬的小孩，而且顯然他也明白自己太忘我了，所以充滿歉意地笑了起來。

「可是，當然啊，」他說，「我沒有任何證據，而你也會像其他人一樣，說我是在癡人說夢。」

「正好相反，」白羅靜靜說，「我們沒有道理不相信你說的故事。我們自己對李昌彥都有不小的興趣。」

「你竟然會知道他這個人，真是奇怪。從來都沒想到，在英格蘭竟然會有人聽過他這號人物。如果可以透露的話，我很想知道你是怎麼聽到他的大名。」

「沒有什麼好隱瞞的，先生。有個人來我這裡避風頭，他一開始是受到嚴重的驚嚇，不過終究還是說了一些事情，讓我們對這個李昌彥感到興趣。他描述了四個人，也就是四大天王，是一個迄今沒人想像得到的組織。一號是李昌彥，二號是身分不明的美籍人士，三號是身分不明的法國女人，四號或許可以稱為該組織的首腦，是為毀滅者。向我通風報信的人已經身亡。先生，請你告訴我，你究竟清不清楚『四大天王』這個稱呼？」

「沒聽過有人將四大天王和李昌彥扯在一起。我不太清楚四大天王的意思。但我最近不是聽說過就是讀到過，似乎其中有些不尋常的關係存在。啊，我想到了。」

他起身走到對面一個嵌在牆壁裡的琺瑯漆櫥櫃，連我都看得出來手工甚為精巧。他拿了一封信走回來。

「你看看這封信。我有一次在上海遇見一個年老的水手，頭髮灰白，孤苦無依，我猜他現在一定是喝得醉醺醺，動不動就掉眼淚。我當時把他說的話當作是醉話。」

他大聲唸出來：「『敬啟者：你可能不記得我了，你曾經在上海幫了我一個忙，現在請你行行好，給我一點錢讓我可以出國。我在這裡躲藏得還好，希望別人沒發現，不過他們隨時都有可能找到我的藏身處。我所謂的他們就是四大天王。這件事攸關生死。我的錢不算少，但是這時不敢去動用，因為一動就暴露出我的行蹤。請寄給我兩百元的紙鈔，我以人格保證必定奉還。您的手下，強納生．偉理』。

「發信的地址是達穆爾郡哈帕頓花崗石屋。就我看來，恐怕是想藉機向我撈個幾百塊。如果你認為有幫助的話……」

他遞出那封信。

「謝謝你了，先生，我即刻前往哈帕頓。」

「怪怪，這件事真的很有意思。我和你一起去，意下如何？」

「你能同行是我的榮幸，不過我們必須立刻動身。現在出發還有希望在日落前趕到達穆爾。」

約翰．英格斯只耽擱了我們幾分鐘。很快我們一夥人就搭上火車離開派汀頓，前往西鄉。哈帕頓是個小村落，居民簇擁在一處低地，位於荒野的外緣。從莫頓漢普斯德開車要走九英里才能抵達。到達目的地是將近八點，然而因為時序是七月，日光依然充足。

我們開車穿越村落的狹小街道，然後停車下來向一位老農問路。

「花崗石屋啊，」老人邊想邊說，「你們是要去花崗石屋是吧？」

我們再度向他表明的確想去那裡。

老人指著街尾的一棟灰色小屋。

「那個就是花崗石屋囉。你們想不想見見探長？」

「什麼探長？」白羅唐突地問，「你的意思是……」

「發生那件命案，你們難道沒聽說？據說啊，死狀極慘噢，人家說啊，血流得一灘又一灘哪。」

「天啊！」白羅喃喃自語，「你說的那位探長，請立刻帶我去見他。」

五分鐘後我們見到了梅多斯探長，便與他闢室密談。探長一開始不太和善，然而一聽到蘇格蘭警場傑派探長的大名，態度便和緩了許多。

「沒錯，先生，今天早上的確發生了命案，頗為轟動。他們打電話到莫頓，我馬上就趕過來。乍看之下是件離奇的謀殺案。老人年約七十吧——就我所知很喜歡收集琉璃製品——陳屍在客廳地板上。他的頭上有個瘀青的痕跡，喉嚨遭人整個割斷，血流得到處都是，你們大概也能理解現場的情景。

「幫他煮食的婦人名叫貝琪・安竹斯，她說她的主子生前擁有幾個小小的中國玉雕像，他曾告訴過她，這些玉非常值錢，現在卻都不翼而飛了。當然，這樣看來，像是個強盜殺人案件，不過，要解決也是困難重重。老人家裡有兩個僕人，一個就是貝琪・安竹斯，她是哈帕頓人，另一個則是傭人洛伯・格蘭特，大老粗一個。格蘭特當時和往常一樣，到農場去拿牛奶，貝琪則跑到外面和鄰居聊天。她出去不過只有二十分鐘——在十點到十點半之間——命案必然發生在這段期間。第一個回到屋子裡的人是格蘭特。後門沒關，他從後門進去——這一帶大家都沒鎖門的習慣，大白天不論何時都不鎖。他把牛奶放到食品室裡，走進自己的房間看報紙，抽了一根菸。他一點也沒察覺發生了什麼不尋常的事。至少他的說法是如此。然後貝琪進門來，走到客廳，看到了血案，驚叫一聲，聲音大得可以叫醒死人。他們的說法都可信，一定是有人趁他們不在的時候進入屋內，可憐的老人因此慘遭毒手。不過我也立刻想到，這個人一定相當冷靜，不是直接從村落的街道上過來，就是偷偷從他人後院潛行進入。花崗石屋周遭都有住家，你們也都看得到。怎麼可能沒人看見兇手？」

探長揮舞著手臂，停頓了一下。

「啊哈，我知道你的意思了，」白羅說，「接下來呢？」

「嗯，很可疑，我告訴自己，很可疑。我開始四處查看。就拿那些玉器來說吧，一個普通流浪漢怎麼可能知道很值錢？不管怎麼說，要在光天化日之下犯案，根本就是異想天開。如果老人大喊救命的話怎麼辦？」

「探長，就我看來，」英格斯先生說，「頭上的瘀青是生前遭到撞擊的吧？」

「沒錯，凶手一開始先將他打得暈頭轉向，然後再割喉，這一點再清楚不過了。奇怪的是，他到底怎麼出入這個地方的？這個地方很小，一有陌生人，村人立刻會察覺。我馬上想到的是，沒有什麼陌生人來到此地。我仔細四處查看了一下，前一天晚上下了一場雨，有清楚的腳印進出廚房。客廳裡面只有兩種鞋印（貝琪·安竹斯的腳印只到門口就沒了），只有偉理先生的腳印（他穿著地毯拖鞋）和另一人的腳印。這個人踩到了血跡，我循著血淋淋[1]的腳印，抱歉——」

「沒關係，」英格斯先生淡淡一笑說，「這個形容詞的用意，我們都很清楚。」

「我循著腳印來到廚房，只到廚房而已，這是重點一。在洛伯·格蘭特門口的楣石上，有一抹若有似無的血跡，這是重點二。重點三，我找到格蘭特的皮靴，他當時沒穿在腳上，我拿來比對，結果符合現場的鞋印。偵查就此告一段落，根本不是外人所為。我警告格蘭特，將他留置偵訊。你猜我在他的旅行皮箱中找到了什麼？小小的玉雕和一張車票。洛伯·格蘭特又名亞伯拉罕·比格斯，五年前曾因重罪和闖空門而遭判刑。」探長得意洋洋地停頓了一下。「你們的看法如何，紳士們？」

1 英文是bloody，是英國人類似三字經的說法。

「我認為啊，」白羅說，「這個案子看起來再清楚不過了，事實上清楚得令人咋舌。這個叫作比格斯或格蘭特的傢伙，必然是個極為愚蠢、沒受過什麼教育的人，是不是？」

「噢，是啊，只是一個粗魯庸俗的人。他連腳印代表什麼意義都不太清楚。」

「顯然他從來不讀偵探小說！探長啊，恭喜你了。我們可不可以看看命案現場？」

「我這就親自帶你們過去，讓你們看看鞋印。」

「我正想看看。是的，是的，非常有意思，非常聰明。」

我們跟著前去。英格斯先生和探長走在前面，我讓白羅稍稍慢走，好和他交談，不讓探長聽見。

「白羅，說真的，你認為怎樣？是不是另有玄機？」

「老弟，這正是問題的癥結所在。偉理在信中寫得相當明白，四大天王緊盯著他。而你我都清楚，這個四大天王絕不只是什麼騙小孩的把戲。然而這裡的一切線索都顯示格蘭特確為殺人凶手。他的殺人動機何在？是為了弄到小玉雕嗎？還是他只是四大天王的一個嘍囉？我承認，我覺得他替四大天王犯案的可能性似乎比較高。玉器的價值再怎麼昂貴，他那種層次的人應該不會知道才對，至少也不至於會為了玉器而謀財害命才對（就這一點而言，探長應該也會想到）。他大可將玉器據為己有，然後潛逃無蹤，不必犯下慘無人道的命案。啊，沒錯，恐怕我們德文郡的朋友沒有動用到自己的灰色腦細胞。他比對過鞋印沒錯，卻沒有按部就班來處理大腦裡的線索。」

04 一隻舉足輕重的羊腿

探長從口袋裡取出一把鑰匙，打開花崗石屋的門。這天天氣晴朗乾燥，因此我們的鞋子不太可能留下任何足跡。儘管如此，我們還是在進門前仔細在門墊上摩擦鞋底。

一個女人從黑暗中走出來，對著探長說了幾句話，探長轉身說話。

「白羅先生，好好地四處看看，什麼都不要遺漏，我十分鐘後回來。噢對了，格蘭特的靴子在這裡。我帶過來讓你比對一下鞋印。」

我們進入客廳，探長的腳步聲逐漸消失在門外。客廳角落有張桌子，上面擺了一些中國古董，英格斯立刻注意到，走過去檢視一番。白羅手邊在忙什麼，他似乎沒有興趣。我卻屏息注意白羅的行動。地板鋪著一層深綠色油布，最適合留下鞋印。較遠的地方有扇門，通往小廚房。小廚房裡另有一扇門通往洗手台（後門就在那裡），另外一扇門則是通往洛伯·格蘭特的房間。

白羅探查完了地板，低聲自顧自的說道：「這裡是陳屍的位置，那片大大的深色汙漬和四周的濺血顯示出陳屍的地點。看得到地毯拖鞋以及九號靴子的痕跡，只是都不太明顯。有兩種足跡進出廚房。不管凶手是誰，都是從廚房進來。海斯汀，靴子在你手上是不是？給我看看。」他細心比對鞋印。「沒錯，兩種腳印是同一個人的，都是洛伯．格蘭特的。他從那邊進來，殺掉老人，然後走回廚房。他踩到了血跡。你有沒有看到他離開時留下的痕跡？廚房裡什麼都看不見了——全村的人都來廚房裡走動過了。他走進自己的房間……不對，他先重返命案現場。是想取得小玉雕呢？還是忘了湮滅什麼涉案的證據？」

「也許他第二次進去時才殺了老人吧？」我暗示。

「不對，你沒看清楚。沾有血跡、往外走的鞋印當中，有一個上面印著往內走的鞋印，我很納悶，他往內走做什麼，是想起了小玉雕嗎？這一切都很荒謬……很愚蠢。」

「對啊，他等於是暴露自己的犯行，毫不保留。」

「可不是嗎？告訴你，海斯汀，他這樣做有違常理，我的灰色腦細胞不愛這種推論。我們進他的臥房看看。啊，沒錯，楣石上正是有一抹血跡，還有一點腳印的痕跡，沾有血跡。是洛伯．格蘭特的腳印，只有他的腳印，在屍體附近。洛伯．格蘭特是唯一接近房子的人。對，一定是這樣沒錯。」

「那位老女人，你又做何解釋？」我脫口而出。「格蘭特出去拿牛奶之後，屋子裡就只剩下她，有可能是她殺了人然後出門。如果她當時在外面的話，她的腳也不會留下腳印。」

「不賴嘛，海斯汀。我剛才還在想，你會不會想到要如此假設。我已經考慮過這一點，推翻了這個假設。貝琪．安竹斯是本地人，走到哪裡都有人認識，她和四大天王絕對不會有任何關係。更何況，再怎麼說，老偉理的力氣也不小。這個案子是男人幹的，凶手不是女人。」

「我在想，四大天王不可能在天花板上偷裝什麼殘忍的機關，能夠自動落下來劃破老人的喉嚨，然後又自動向上收回吧？」

「像是繩梯一樣是吧？海斯汀，我很清楚你的想像力比誰都豐富，不過我求求你，還是節制一點吧。」

我的心涼了半截，有點難堪。白羅繼續四處走動，臉上帶著極不滿意的表情，一直探頭查看房間和櫥櫃。突然間，他興奮地大叫，活像是博美犬的狂吠。我衝到他身邊，他正站在食品室裡，帶著戲劇化的神情——他的手裡揮舞著一隻羊腿！

「親愛的白羅啊！」我叫了出來。「你怎麼啦？難不成是突然發瘋了嗎？」

「拜託你，看看這塊羊肉，仔仔細細看個清楚！」

我盡可能上上下下仔細查看，就是看不出有什麼異樣。它看起來就像是一隻極為普通的羊腿。我也老實說了，結果白羅氣餒地看了我一眼。

「難道你沒看到這個，還有這裡，還有……」

他講到這個或這裡時，用手指戳了一下羊腿的關節處，戳到的地方掉下小小的冰柱。

白羅剛剛才罵我說想像力太豐富，不過我現在覺得他的想像力比我還要不著邊際。難道他真的認為這些小小的冰柱，果真是致命毒藥的結晶？他情緒如此激動，我只能做出這樣的推斷。

「是塊凍肉，」我輕輕地解釋，「進口的，你知道吧，紐西蘭進口的。」

他看了我好一陣子，然後詭異地狂笑起來。

「我說海斯汀啊，你老弟真是愛說笑啊！『他無所不知……什麼都知道！』人家是怎麼說的啊——哦，實事求是。我的朋友海斯汀正是如此。」

他把羊腿扔回盤子裡，離開食品室，然後向窗外眺望。

「剛才那位探長來了。該看的我都看過了。」他漫不經心敲著桌子，彷彿正在專心策畫下一步行動，隨即突然問道：「今天星期幾？」

「星期一，」我很訝異地說。「幹嘛？」

「啊！是星期一對吧？星期一不是個好日子。在星期一犯下謀殺案是不智之舉。」

他回到客廳，敲敲牆上的玻璃，瞥了一眼溫度計。

「華式七十度，一切正常，是英國夏天的標準溫度。」

英格斯還在查看幾個中國陶器。

「剛才的問答，你好像沒什麼興趣？」白羅說。

他緩緩微笑致意。

「我的本業又不是偵探，我只不過是個鑑賞家，對調查線索並不在行，所以乾脆保持距離，以免礙事。我在東方學習到了忍耐的藝術。」

探長匆匆進門來，對離開這麼久表示歉意。他堅持要帶我們看看地板，不過我們覺得還是省了為妙。

我們走到街上。

「還是要感謝你多方的好意，探長。」白羅說。

「我還有一件事想請你幫忙。」

「你大概是想看看屍體吧？」

「噢，饒了我吧！我對屍體一點興趣也沒有。我是想見見洛伯．格蘭特。」

「那你就得和我一起開車到莫頓，才能見到他。」

「好吧，我就跟你一起走。不過我一定要見到他，而且要單獨和他交談。」

探長摸摸上唇。

「嗯，這我就不能給你保證了。」

「我向你保證，如果你通知蘇格蘭警場，一定能獲得授權。」

「我當然聽過你的大名，也知道你不只一次幫過我們的忙，只是這件事非比尋常。」

「不管怎麼說，我還是有必要單獨見他，」白羅語氣平靜。「我的理由是——格蘭特並不是殺人兇手。」

「什麼？照你這麼說，誰才是真正的凶手？」

「根據我的推測，凶手應該是一名年輕男子。他駕著一輛輕型馬車來到花崗石屋，把車留在外面，然後進門，殺了人，走出門，接著駕車離去。他沒戴帽子，衣服上沾有些微血跡。」

「可是如果這樣的話，整個村子的人都會看見這個人啊！」

「有些情況下，他們看不到。」

「如果天黑，可能就看不到；但命案發生的時候是大白天啊！」

白羅只是微微一笑。

「馬匹和車子。先生，你又怎麼推斷出來的？外面來來往往的車輛這麼多，根本看不出特定車輛的痕跡。」

「用肉眼或許看不出來，換成是心靈的眼睛，就看得出來了。」

探長摸摸自己的額頭，對我若有所指地冷笑。我內心充滿疑惑，但對白羅還是有信心。我們又繼續討論了一陣子，不過在和探長上車前往莫頓時就告一段落了。他帶我和白羅去見格蘭特，但會面的時候有位治安官隨侍在側。白羅開門見山就說：「格蘭特，我知道這件案子你是無辜的。用你自己的話告訴我，當時究竟發生了什麼事。」

眼前的囚犯中等身材，五官長得有點難看，看起來就像是監獄的常客一樣。

「我對天發誓，絕對不是我幹的，」他用鼻音抱怨。「不知道是誰把那些玻璃的小東西放進我的行李裡面，根本是故意陷害我，就是這樣。我進門後直接回到房間，就像我說過的一樣。直到貝琪尖叫，我才知道發生了命案。我對天發誓，不是我殺的。」

白羅起身。

「如果你還不告訴我事實真相，我們就到此為止。」

「可是，先生……」

「你確實有進入客廳，也確實知道主人已經死去。貝琪發現慘案時，你正準備離去。」

男子嘴巴張得很開，盯著白羅。白羅說：「說吧，是不是這樣？我鄭重告訴你──以我個人的名譽做擔保──如果你再不坦白交代，就再也沒有機會了。」

「那我就冒險一試了，」男子突然說道，「就像你剛才說的，我走進門，直接到主人那裡……他就躺在那邊，死在地板上，血流得到處都是。然後我鎮定下來，想到他們會去調我的前科，一定會賴在我身上。我唯一的想法就是一走了之，馬上就走……在他的屍體被人發現之前……」

「玉雕你又做何解釋？」

男子遲疑了一下。

「你知道──」

「你帶走玉雕，是出自本能反應，對不對？你聽主人說過這些玉器很值錢，你覺得乾脆一不做二不休。我能理解這一點。現在，我要你回答這個問題。你拿走玉器的時候，是不是第二次進入客廳時拿的？」

「我沒進去第二次。一次就夠了。」

「你確定嗎？」

「絕對確定。」

「很好。你告訴我，你是什麼時候出獄的？」

「兩個月前。」

「怎麼找到這份工作的？」

「還不是那種協助受刑人更生的機構。一出獄就有人來替我安排。」

「那個人什麼來頭？」

「不算是牧師啦，不過看起來很像。戴著一頂黑色軟帽，用碎步走路。門牙掉了一顆。有戴眼鏡。名字叫作松德斯。他說希望我已經改過自新了，能幫我找到好工作。我就是受到他的推薦，才進去老偉理家工作。」

白羅再度起身。

「謝謝你，我現在什麼都知道了，請你忍耐一下。」他在門口停了下來接著說：「松德斯是不是給了你一雙靴子？」

格蘭特露出非常訝異的神色。

「啊，對呀，他有給我靴子。不過，你是怎麼知道的？」

「知道這些事情，是我的本行。」白羅沉重地說。

我們一行三人和探長講過一兩句話後，就來到白鹿酒店，談論的都是雞蛋、培根和德文郡的蘋果酒。

「你想出了什麼解釋沒有？」英格斯面帶微笑問。

「有，這個案子現在非常明顯。不過如果要證明我的看法，還得面臨很多難題。偉理是有人奉了四大天王的命令前來殺害的，不過凶手並非格蘭特。有個很聰明的人幫格蘭特安排工作，故意讓他成為代罪羔羊，就格蘭特的前科而言，這一點輕而易舉。他給了格蘭特一雙靴子，自己另外還留著一雙一模一樣的。就是這麼單純。格蘭特離開屋子時，貝琪也在村子裡和人聊天（她大概每天總會出去和人聊天），他坐車來到現場，穿著一模一樣的靴子，進入廚房，來到客廳，先重擊老人讓他不支倒地，然後劃破他的喉嚨，再回到廚房，脫下靴子，穿上另外一雙，帶著剛才那雙，上了馬車，揚長而去。」

英格斯一直盯著白羅看。

「這裡還是有個疑問。為什麼沒人看見他？」

「啊！我相信，這就是四號的聰明之處。大家都看到他了——卻沒人看見他。是這樣的，他來的時候，坐的是屠夫的車子！」

我驚呼一聲。

「就是那隻羊腿？」

「沒錯，海斯汀，就是那隻羊腿。大家都信誓旦旦說，當天早上沒人到過花崗石屋，不過我卻在食品室裡找到一隻羊腿，當時還沒解凍。命案當天是星期一，表示羊腿必然是在當天早上送來的。如果是星期六，天氣這麼熱，一定不可能撐過星期天，因此一定有人到過花崗石屋，而這個人即使身上多少有血跡，也不會有人注意到。」

「真是聰明絕頂！」英格斯語帶認同地大叫。

「沒錯，他是很聰明，他就是四號。」

「和赫丘勒·白羅一樣聰明？」我喃喃自語。

我的朋友對我投以責難的眼光，顯示自己仍是高高在上。

「海斯汀，你不該隨意揶揄他人，」他簡潔說，「一個清白的人受到我的幫助，因此不必接受絞刑，我難道沒有功勞嗎？今天到此為止了。」

05 科學家失蹤

即使陪審團認為，又名比格斯的洛伯．格蘭特並沒有殺害強納森．偉理，而將他無罪開釋，我個人仍覺得，梅多斯探長並不完全認為他清白無辜。他手裡的證據，包括了格蘭特的前科、他偷走的玉器和現場鞋印相符的靴子，都對格蘭特相當不利。而他心目中也認定罪證確鑿，無法輕易推翻。然而白羅盡量壓抑住唯證據是問的態度，還是說服了陪審團。他找到了兩名目擊證人，在星期一早上看到了一輛屠夫的推車來到花崗石屋，而當地屠夫也作證表示，他的推車只有在星期三和星期五才會過去。

白羅甚至還找到一個女人，在答詢時表示她記得看到屠宰廠的人離開花崗石屋，不過她無法確切描述這個人的長相。她僅有的印象只是這名男子臉上沒有鬍子，中等身材，看起來就像是在屠宰廠工作的人。聽到她這樣的描述，白羅冷靜地聳聳肩。

「海斯汀，正如我告訴你的一樣，」他在審判結束後對我說，「這個人是個演員。他不會只用假鬍子和藍眼睛來偽裝。他能改變五官特徵，沒錯。不過那也只是一小部分。他能暫時充當現在這個人，以這個角色來過日子。」

我當然不得不承認，那位從漢威爾過來的人，的確完全符合我心目中療養院管守員的形象。他是不是真的管守員，我絕對不會懷疑。

說來令人感到有點氣餒，我們在達穆爾經歷的事情，似乎一點幫助都沒有。我告訴白羅，但他並不承認我們徒勞無功。

「我們有進步，」他說，「我們有進步。每次和這個人物交手，我們都能對他的想法和手段窺知一二；而他對我們的身分和計畫卻一無所知。」

「就是啊，白羅，」我對他抗議，「他和我的處境似乎沒有兩樣。就我看來，你好像什麼計畫也沒有，好像都是坐著空等他的下一著棋。」

白羅微笑起來。

「老弟啊，你一點都沒變，永遠都是老樣子，總是急性子。也許啊，」這時傳來敲門聲。「也許你的機會自己送上門來了，可能我們要找的人就在門外。」

門一打開，我大失所望，讓他開懷大笑。進門來的人是傑派探長，旁邊跟著一個人。

「晚安，先生，」探長說，「容我介紹美國情報局的肯特上尉。」

肯特上尉是個身材高瘦的美國人，一張面無表情的臉顯得相當突兀，彷彿是木頭雕刻出來似的。

「很高興認識各位。」他一邊喃喃說道，一邊很不自然地和我們握手。

白羅在壁爐裡加了一根柴薪，再搬來幾張安樂椅。我取出酒杯、威士忌和汽水。上尉喝了一大口，表示滿意。

「貴國的國會還是很健全。」他說。

「該談正事了，」傑派說，「白羅先生曾經有求於我。他想知道所謂四大天王的相關事務，希望如果我在工作崗位上碰到這個名字，一定要通知他一聲。我一開始並沒有太在意，不過還是記得他的請託，所以這位上尉告訴我一個古怪的故事時，我立刻說，我們要去見見白羅。」

白羅望向肯特上尉，肯特就開始敘述。

「白羅先生，之前有幾艘魚雷艇和驅逐艦在美國外海觸礁沉沒，你可能還記得吧？當時日本才發生過大地震，一般認為是受到海嘯的侵襲所致。如今，就在前不久，有關當局逮捕了幾名歹徒和槍手，同時也緝獲一些文件，讓我們對沉沒事件有了全新的看法。文件中似乎提到了某個稱為『四大天王』的組織，裡面也零星描述了一種無線的動力，能夠集中無線的能量，達到前所未有的強度，將極強的光束集中在某一點上。這項發明的效能，一看就覺得很荒謬，不過畢竟多少有點價值，所以我還是將文件送達總部，由一位學識高深的教授來進行鑽研。如今，似乎貴國一位科學家在英國協會就這個題目發表了一篇報告。他的同事並未覺得有什麼大不了，咸認太過牽強，想像多於實際。然而你們那位科學家還是堅持己見，聲稱自己的實驗即將成功。」

「結果呢？」白羅興致勃勃地問。

「有人建議我來這裡，和這位科學家面對面談一談。他相當年輕，名叫哈勒戴，是該學術領域的權威。我的目的是想知道，裡面提到的事情究竟可能性有多少。」

「是不是有可能啊？」我急切地問。

「這我就不清楚了。我根本沒有見到哈勒戴先生，也不太可能見得到了。」

「事實是，」傑派插嘴，「哈勒戴失蹤了。」

「什麼時候的事？」

「兩個月前。」

「有沒有人報警？」

「當然有。他的妻子心急如焚地來找我們，我們也只能盡力而為。不過我心裡一直都很清楚，再怎麼找也找不到了。」

「為什麼？」

「如果有人這樣子失蹤，一向都不會找到。」傑派眨了眨眼。

「什麼樣子？」

「在巴黎失蹤。」

「照你這麼說，哈勒戴是在巴黎失蹤？」

「對。他是到巴黎進行科學上的研究，至少他是這麼告訴別人的。當然啦，他非得這麼說不可。不過，如果一個人到那邊失去了蹤影，你也知道意味著什麼。如果不是遭地痞流氓幹掉，就是自己有意消失在人群中。告訴你，自己消失還算稀鬆平常，你也知道，容易迷失在五光十色的巴黎花都什麼的。他厭倦了家庭生活，在動身前曾和妻子起了一點爭執，更讓整個案子明朗化。」

「我很懷疑。」白羅若有所思地說。

美國上尉好奇地看著他。

「先生，」他懶洋洋地說，「四大天王究竟是什麼來頭？」

「四大天王，」白羅說，「是一個國際組織，首腦是個中國人，代號是一號。二號是美國人。三號是個法國女人。四號是『毀滅者』，是英國人。」

「法國女人啊？」美國上尉吹了一聲口哨。「哈勒戴是在法國失蹤的，也許其中有所牽連。她的名字是什麼？」

「我不知道，我對她一無所知。」

「不過，這樣的假設真夠大膽，對吧？」上尉暗示道。

白羅邊點頭，邊將酒杯在盤子上整齊排成一列。他這個人對秩序的熱愛一點都沒變。

「擊沉艦艇究竟有什麼目的？四大天王是不是德國人的組織？」

「上尉，四大天王以自己為中心，只為自己的目標效勞。他們的目標是征服全世界。」

美國上尉忍不住爆笑起來，但一看到白羅正經八百的臉孔頓時收斂不少。

「你儘管笑吧，」白羅對他搖搖手指說，「你沒有思考，沒有運用到大腦裡的灰色腦細胞。這些人摧毀貴國部分海軍，只是為了試驗自己的能耐。他們究竟是何方神聖？他們的確只是為了測試手中一種新型武器，就是超強磁力。」

「隨你說吧，」傑派神色愉悅地說，「我常常會讀到超級大罪犯的報告，不過從未親身遇見過。好了，你們都聽到肯特上尉說的事了，還有沒有需要我效勞的地方？」

「有，請你給我哈勒戴夫人的地址；如果能再向她稍微引介一下的話就更好了。」

隔天我們動身前往切溫德居，在瑟瑞的宙邦村附近。

哈勒戴夫人立刻開門讓我們進去。她的身材高䠷，姿色普通，態度警覺積極。她的女兒跟在身旁，今年五歲，長得很可愛。

白羅向她解釋我們此行的目的。

「噢！白羅先生，我好高興，真是謝謝你了。對你我當然是久仰大名了。你不會像蘇格蘭警場的那些人一樣，他們根本連聽都不聽，也不想動腦去理解事情。還有，法國警方也一樣糟糕，我覺得還比英國的差勁。他們都認為我丈夫是跟別的女人跑了，但他才不是那種人咧！他這輩子腦海裡想的東西，除了工作還是工作。我們吵架有一半都是因為他視工作如命。為了工作，他可以不要我。」

「英國人都是那個樣子，」白羅語帶安慰地說，「如果不是熱愛工作，就是熱愛球賽。

他們最認真的事情就是這些而已。好了，夫人，請你一五一十告訴我，你丈夫失蹤當時的確切情形，盡可能有條理地告訴我。」

「我丈夫於七月二十日星期四前往巴黎，他是要去見工作上的夥伴，其中之一是奧莉維爾夫人。」

一聽到這位知名法國化學家的名字，白羅點點頭。她的成就非凡，連居禮夫人都相形失色。她曾接受法國政府授勳褒揚，是當今名聲最大的名人之一。

「他抵達巴黎時已經是晚上，馬上前往卡斯提理翁街上的卡斯提理翁旅館。隔天早上他和博公諾教授有約，他也依約前去見他。他的舉止正常而親和，兩人交談得很起勁，還約定隔天要到教授的實驗室去參觀。之後他獨自在皇家咖啡館用午餐，到樹林區散步，再去帕西奧莉維爾夫人的住所拜訪她。在那裡，他的表現也一切正常。他在六點左右離去，晚餐在何處吃並不清楚，可能是一個人在某家餐廳用餐。他在十一點左右回到旅館，問櫃檯有沒有信件，然後直接上樓回自己房間。隔天早上他步出旅館，從此再也沒人看見過他的蹤影。」

「他幾點離開旅館的？是他去博公諾教授實驗室的時間嗎？」

「不知道。他離開旅館的時候並沒有和人交談，也沒有用早午餐，似乎表示他很早就出門了。」

「或者其實他可能前一晚回來後，又再度出門了？」

「應該不是，他有上床睡覺過。而且如果半夜三更出門，晚上的門房也會記得才對。」

「夫人，你的觀察的確很正確。我們可以假設他隔天一大早就出門，如果真是這樣就比較令人放心，因為那麼早通常不會遭受流氓攻擊。至於他的行李，是否都留在旅館？」

哈勒戴夫人似乎相當不願意回答，不過最後還是說道：「沒有，他大概是帶了一個小皮箱。」

「嗯，」白羅若有所思。「他那天晚上去了哪裡，我倒很有興趣。如果我們知道他去的地方，案情應該就可以明朗不少。他和誰見了面？這裡一定暗藏了玄機。夫人，我個人並不盡然接受警方的見解。警方老是愛從『找到那個女人』的角度去辦案。很明顯的是，當天晚上發生了什麼事，讓你丈夫改變了原定的計畫。你說他回到旅館時，問過櫃檯有沒有他的信件。他有沒有收到來信？」

「只有一封信，而且那一封應該是他離開英格蘭那天我寫給他的信。」

白羅沉思了整整一分鐘，接著倏然站立起來。

「好吧，夫人，整個謎團的解答都在巴黎。為了解開謎團，我要馬上親自前往巴黎。」

「先生，那已經是很久以前的事了。」

「是，是，但儘管已經過了很久，我們還是要過去那邊才能找出答案。」

他轉身離開客廳，手放在門上時腳步卻停頓下來。

「夫人，請告訴我，你記不記得你先生曾經提到過『四大天王』？」

「四大天王，」她邊思考邊複誦。「沒有，我沒聽過。」

06 樓梯上的女人

從哈勒戴夫人之處，就只能獲得這麼多的線索。我們急忙趕回倫敦，隔天就動身前往歐陸。白羅露出一絲相當感傷的微笑，說道：「這個四大天王，讓我精神為之一振。我四處奔走，變得和我們的老朋友『獵狐人』一樣了。」

「說不定你在巴黎會碰見他。」我說。

我確定他指的是某個名叫吉羅的人，是巴黎保安局最受倚重的警探之一。他們兩人之前曾在某種場合見過面。

白羅苦笑。

「但願不要，那個人不喜歡我。」

「這項任務會不會很艱辛？」我問，「一個不認識的英國人在兩個月前的某個晚上做了什麼事，要去找出來，困難重重吧？」

「的確困難重重。不過你也很清楚，困難重重反而使赫丘勒・白羅的心雀躍不已。」

「你認為他是被四大天王綁架了嗎？」

白羅點點頭。

我們前往老地方進行詢問，結果和哈勒戴夫人告訴過我們的線索差不多。白羅和博公諾教授面談了很久，希望能問出哈勒戴有沒有提到那天晚上自己的計畫，然而結果是一片空白。

我們下一個消息來源是大名鼎鼎的奧莉維爾夫人。我們到了帕西，踏上她別墅的門階，我感到相當興奮。一個女人可以在科學領域獲得這樣的地位，實在令我景仰有加。要不是她的成就非凡，我會以為科學工作純屬男性的天下。

一名十七歲左右的少年來開門，依稀讓我想起了一個學徒，因為他的舉止非常拘泥彆扭。白羅事先已經訂約求見。他知道要見奧莉維爾夫人，一定要事先約定時間，因為她幾乎整天都埋首進行研究工作。

他帶我們進入一間小會客室，女主人很快就過來接見。奧莉維爾夫人非常高䠷，身上穿著白色連身衣，看起來更加高大，頭上還包裹了一條頭巾，活像修女一樣。她的臉蛋狹長蒼白，迷人的黑色眼珠散發出簡直是精神狂亂的光彩。她的模樣比較像是古代的女牧師，反而不像現代的法國女人。她的一邊臉頰上有一道疤痕，我記得三年前她的丈夫和同事在一場實驗室爆炸意外中喪生，而她本人也身受嚴重灼傷。從那次意外開始，她就絕少與外界接觸，閉門投注心血奮力從事科學研究。她接見我們的時候態度客氣，冷若冰霜。

「各位，我已經被警方問過很多次了，恐怕不太可能幫得上忙，因為我也沒有幫上警方什麼忙。」

「夫人，我盡量不要提相同的問題。我就開門見山問了，你和哈勒戴先生在一起的時候，談的是什麼話題？」

她有點訝異。

「只不過是他工作上的事情而已，他的工作，還有我的工作。」

「他有沒有向你提到，他最近在英國協會發表的那篇報告中的理論？」

「當然有，我們主要談的就是他的理論。」

「他的理論是不是有點異想天開？」白羅漫不經心地問道。

「有些人的確如此認為，但我並不贊同。」

「你認為他的理論有可行之處？」

「完全可行。我自己的研究路線也有點類似，不同的只是研究的目的。我一直在進行的研究是有關鐳C放射出來的伽馬射線。鐳C是鐳的產物，而在研究過程中我發現了一些很有趣的磁能現象。沒錯，我發現了磁力具有某種特性，但我還沒準備要公諸於世。對我而言，哈勒戴先生的實驗和觀點都極有意思。」

白羅點點頭。然後他問了一個讓我感到驚訝的問題。

「夫人，你們是在什麼地方談論這些話題？在這裡嗎？」

「不，是在實驗室裡。」

「可以讓我看看嗎？」

「當然可以。」

她引領我們進入她剛才走出來的那扇門，通往一個小小的通道。經過了兩扇門，來到一間大型實驗室，裡面有各式各樣的燒杯和試管，以及上百種我連名字都不知道的器材。裡面有兩個人，都忙著在做實驗。奧莉維爾夫人介紹他們。

「蔻勞德小姐，是我的助手之一。」一位高瘦的年輕女子對我們鞠躬。她的臉色嚴肅。

「亨利先生，是值得信賴的老朋友。」

這名年輕男子的身材矮小，皮膚黝黑。他對我們鞠躬，動作很不自然。

白羅環視周遭。除了我們進來的門之外，還有兩扇門。奧莉維爾夫人解釋，其中一個通往花園，另一扇通往一個較小的房間，也是做研究之用。白羅全都聽了進去，然後說自己已經準備回到剛才的會客室。

「夫人，你和哈勒戴先生交談的時候，只有你們兩人嗎？」

「是的，先生。我的兩名助手都在隔壁那個小房間裡。」

「你們的對話有沒有可能被他人聽見？有沒有被助手或其他人聽見？」

夫人回想了一下，然後搖搖頭。

「我覺得不可能，我幾乎可以百分百確定沒有人聽見。當時所有的門都關上了。」

「實驗室裡有沒有可能躲了什麼人？」

「角落裡有個大櫥櫃，不過要是裡面躲了人，未免也太荒謬了。」

「夫人，這倒不見得，」白羅說，「還有一件事，哈勒戴先生有沒有向你提及他晚上準備做什麼？」

「他什麼都沒說，先生。」

「謝謝你了，夫人，很抱歉打擾到你。請不必送了，我們自己走就可以。」

我們走到大廳，有位女士正好也從前門進來。她迅速奔上樓梯，讓我覺得她似乎是個守喪的法國寡婦。

「那個女人，很特別。」我們走出門時白羅說。

「奧莉維爾夫人嗎？沒錯，她是……」

「不是啦，不是奧莉維爾夫人。她的確很特別，那是無庸置疑的事實嘛！全世界大概找不出幾個和她一樣能耐的天才。我指的是另外那個女士，上樓梯的那位。」

「我沒看見她的臉，」我望著他說，「你怎麼看得見，我也很懷疑。她根本連正眼都沒看我們一眼。」

「就是這樣，我才說她很特別，」白羅平靜地說，「一個女人回到家裡——我猜她就住這裡，因為她有鑰匙可以開門進來——便直接上樓，大廳裡有兩名陌生訪客，她竟看都不看就走掉了。的確是個很特別的女人，事實上呢，相當不自然。我的天啊！那是什麼？」

他拉我向後退——差一點就太遲了。有棵樹正好倒在人行道上，差點打到我們身上。白羅直視了半晌，臉色蒼白，神情懊喪。

「真的是千鈞一髮！只怪我太遲鈍，沒有任何警覺。就算是有警覺，也只是一丁點而已。沒錯，要不是我眼力敏銳，像貓一樣敏銳，赫丘勒．白羅早就被大樹壓得魂飛魄散了。這對全世界來說將是一大損失；當然還有你，老弟。只是你死了，也不算是什麼舉國同悲的慘事。」

「多謝啦，」我冷冷說，「接下來我們該怎麼辦？」

「怎麼辦？」白羅大叫。「我們要好好動動腦筋了。沒錯，就是在現在這個地方，我們要開始運作灰色腦細胞。哈勒戴先生究竟是不是來到了巴黎？對，因為博公諾教授認識他，也和他見了面、講過話。」

「你到底是什麼意思？」我大叫。

「當時是星期五上午。最後有人看見他的時候，是星期五晚上十一點。真的有人親眼看見他嗎？」

「那個門房……」

「晚班的門房之前沒有看過哈勒戴。如果是個非常神似哈勒戴的人走進來——我們姑且假設是四號假冒的——他回到旅館問有沒有他的信件，然後上樓，收拾了小手提箱，隔天早上偷偷溜走。當天晚上，都沒人看見哈勒戴，一個也沒有，因為他早就落在敵人手中。奧莉維爾夫人接見的人，果真是哈勒戴嗎？對，因為儘管她並不認得他的長相，冒牌貨也很難在她專精的領域上胡扯。他來到這裡，和夫人討論過，然後離去。接下來發生了什麼事？」

白羅抓住我的手臂，一路拉著我走回奧莉維爾夫人的別墅。

「老弟，我要你想像一下，把現在當作是他失蹤後的次日，當作是我們正在追蹤他的足跡。你最愛足跡了，對吧？你看，這裡有腳印，有男人的腳印，是哈勒戴先生的腳印……他轉向右邊，就像我們剛才一樣，快步前進。啊！有其他腳印跟在他後面，腳步很快，小小的腳印，是女人的腳印。你看，她趕上他了，是個細瘦的年輕女子，戴著寡婦的面紗。『對不起，先生，奧莉維爾夫人要我請你回去。』他停下腳步，回過頭來。這名年輕女子要帶他到哪裡？她趕上他的地方，正好在一個狹小的巷道口、兩座花園中間，這是碰巧的事情嗎？她帶著他走過小巷道。『先生，走這一條比較快。』右邊是奧莉維爾夫人別墅的花園，左邊是另一棟別墅的花園。剛才就是這座花園裡的樹木倒了下來，差點打中我們。兩座花園的門都對著巷道開著，方便埋伏。有幾個男人跑出來制伏他，把他抬到另外那棟別墅裡。」

「老天啊，白羅，」我大叫，「這些東西都是你編造出來的嗎？」

「我是用心靈的眼睛去看到的。事情發生的經過就是那樣，沒有其他可能性了。來吧，我們回到屋子裡。」

「你還想再見奧莉維爾夫人啊？」

白羅詭異地微笑。

「不，海斯汀，我想看清楚剛才上樓的那位女士。」

「你覺得她是誰？是奧莉維爾夫人的親戚嗎？」

「比較可能是祕書，而且是前不久剛剛請來的祕書。」

為我們開門的是那位舉止溫柔的學徒。

「能不能請你告訴我，」白羅說，「那位女士的名字，就是那位守喪的女士，剛才進門的那位？」

「是薇荷諾太太嗎？你是指夫人的祕書？」

「就是她。你可不可以請她來和我們講幾句話？」

少年走開去，很快又回來。

「很抱歉，薇荷諾太太又出門了。」

「才怪，」白羅悄聲說，「能不能請你將我的名字轉告她，說是赫丘勒．白羅有重要的事想立刻見她一面，因為我正要前去郡裡。」

幫我們傳話的少年再度離去。這次女士親自下樓來。她走進會客室，我們跟在後面。她轉身掀起面紗。令我大吃一驚的是，她竟然是我們以前的敵手，羅薩柯夫伯爵夫人。她是俄羅斯人，曾在倫敦策畫了一場極為高明的珠寶竊案。

「我在大廳一瞥見你，就覺得大事不妙。」她語調平靜地說。

「親愛的羅薩柯夫伯爵夫人……」

她搖搖頭。

「現在是伊妮茲．薇荷諾了，」她低聲說，「西班牙人，丈夫是法國人。白羅先生，你找我有何貴幹？你這個人真是很差勁，從倫敦一路追我追到這裡。我猜你從巴黎趕來，是想把我的底細告訴高貴的奧莉維爾夫人，對吧？我們俄羅斯人很可憐，你也知道，我們只是為了求生存而已。」

「夫人，這事情比求生存還要嚴重，」白羅看著她說，「我想去隔壁那棟別墅，將哈勒戴先生釋放出來——如果他還活著的話。我無所不知，你也很明白這一點。」

我看到她臉色突然翻白。她咬咬嘴唇，然後用果決的口氣說道：「他還活著，不過人並不在別墅裡。你們既然來了，我和你們打個商量。你放我一馬，我就看在你分上，饒了哈勒戴先生一命。」

「我接受，」白羅說，「我正好也要跟你打商量。噢，對了，請你做事的人，是四大天王嗎，夫人？」

我再度看見她臉上泛起一陣毫無生氣的慘白，不過她並未回答白羅的問題。

她只是問：「能不能讓我打個電話？」她在電話上撥了一組號碼。「別墅的號碼，」她解釋，「哈勒戴先生就是被關在那裡。你要報警也可以，只是警方抵達的時候，那個地方早已人去樓空。啊！我完蛋了。喂，是安德烈嗎？是我啦，伊妮茲。那個比利時來的矮冬瓜什麼都知道了。讓哈勒戴回旅館，然後作鳥獸散。」

她放回話筒，面帶微笑向我們走過來。

「你得和我們一起到旅館去，夫人。」

「那還用說，我本來就想要一起過去。」

我招來一部計程車，我們一起前往旅館。從白羅的臉色看來，他感到很困惑。這一切都太順利了。我們抵達旅館，門房來到我們面前。

「有位先生已經到了，他在房間裡等你們。他看起來很虛弱，有位護士跟著他過來，不過現在已經走了。」

「沒關係，」白羅說，「他是我的一個朋友。」

我們一起上樓。有個形容憔悴的年輕人坐在窗邊的椅子上，看起來體力已經耗盡到了極點。白羅走過去。

「你是約翰．哈勒戴嗎？」男子點點頭。「讓我看看你的左手臂。約翰．哈勒戴的左手肘下方有顆痣。」

男子伸出手臂，的確有顆痣。白羅向伯爵夫人鞠躬，她轉身離開房間。

哈勒戴喝了一杯白蘭地後，精神回復了一些。

「天啊！」他低聲說，「我像是下了地獄一樣，像地獄一樣……那些壞蛋根本是惡魔轉世。我的太太，她人在哪裡？她怎麼想？他們告訴我，她以為，以為……」

「她不相信，」白羅堅定地說，「她對你有信心，一點也不曾動搖。她正在等你回去，她和小孩都在等你。」

「感謝上帝。能夠重獲自由，我真不敢相信。」

「既然你的體力已經恢復了一些，我想從頭聽聽看整件事情的經過。」

哈勒戴用難以形容的表情看著他。

「我什麼都……不記得。」他說。

「什麼？」

「你有沒有聽過四大天王？」

「聽過一點。」白羅正經八百地說。

「你不像我那麼了解情況。他們擁有無可囿限的力量。如果我什麼都不說，就不會有危險。但如果我透露一個字，不只是我，連我最親近的人都會遭到萬劫不復的下場。再爭辯也沒用。我什麼都不知道，什麼都不記得了。」

然後他起身，離開房間。

§

白羅的表情疑惑不解。

「結果就是這麼回事？」他自言自語，「四大天王再度獲勝。海斯汀，你手裡握的是什麼東西？」

我拿給他。

「伯爵夫人在離去前匆匆寫下的。」我解釋。

他唸出來。

「再見。I. V.」

「是她名字的簡寫，I. V.。可能只是湊巧而已，IV在羅馬文字裡也代表四。海斯汀啊，我覺得其中頗有玄機，頗有玄機啊。」

07 盜走鐳的宵小

哈勒戴重獲自由的那天晚上，睡在我們同一間旅館的隔壁房間。一整個晚上，我都聽見他在睡夢中呻吟、謾罵。他在別墅裡遭受的待遇，無疑讓他精神耗弱，結果隔天早上完全無法從他口中問出什麼線索。他只是一味重複說著四大天王的權力無限大，如果他走漏風聲，一定會招致報復。

午餐過後，他啟程回到英格蘭去和妻子團圓，白羅和我則繼續留在巴黎。我一心想採取大行動，所以白羅按兵不動的態度惹毛了我。

「拜託你行不行，白羅，」我催促他。「我們該動手抓人了。」

「厲害，老弟，好厲害啊！去哪裡抓？抓什麼人？你說清楚講明白好不好？」

「當然是去抓四大天王囉。」

「那還用說。你要怎麼抓？」

「找警方。」我大膽提議，卻很心虛。

白羅微笑起來。

「他們會說我們只是捕風捉影。什麼證據都沒有，完全沒有。非再等下去不可。」

「等什麼？」

「等他們採取行動。在英格蘭，你們都喜歡看拳擊賽，如果其中一人不出拳，對方就一定要出手。讓對手主動攻擊的話，可以獲知他一些底細。我們就是要讓對手主動攻擊。」

「你認為他們會出手嗎？」我很懷疑地問。

「我一點也不懷疑。首先是他們想讓我離開英格蘭。結果沒成功。然後在達穆爾的時候，我們介入那件謀殺案的偵辦過程，從絞刑架上救下了那個無辜的代罪羔羊。昨天，我們再一次攪局。我敢保證，他們不會善罷干休的。」

我在回憶的同時，有人正好敲門。一名男子等都不等就走進房間，隨手關上門。他的身材高瘦，有點鷹鉤鼻，膚色蒼白，身上穿的外套扣到下巴，頭上的軟帽向下壓到遮住眼睛。

「各位抱歉，恕我不請自來，」他用柔和的聲音說，「因為我的事情非比尋常。」

他面帶微笑走到桌前，在桌旁坐下。我正要站起來，但白羅以手示意我別動。

「就像你剛才說的，先生，你的確是不請自來。能不能請你說一下前來的原因？」

「親愛的白羅先生，我來看你的理由很簡單。你一直在打攪我的朋友。」

「怎麼個打攪法？」

「少來了，白羅先生，你問這話不會是認真的吧？你我心知肚明。」
「先生，這就要看你的朋友是誰而定了。」
男子不發一語，從口袋裡取出一個香菸盒打開來，抽出四根香菸扔在桌上，然後又撿起來放回香菸盒裡，再將香菸盒放回口袋。
「啊哈！」白羅說，「就是這麼回事了，對吧？你的朋友有何指教？」
「他們建議你，應該將才華發揮在調查一般的犯罪活動上，回到你的老本行，替倫敦的名門仕女解決問題就好。」
「這個建議倒是很溫和，」白羅說，「要是我不同意呢？」
男子擺出準備發表長篇大論的姿態。
「你們日後就會悔不當初，極度悔不當初，」他說，「偉大的赫丘勒‧白羅先生所有的朋友和仰慕者，也都會為之懊喪。只可惜不管再怎麼悔不當初，也無法挽回一條人命。」
「您講話很有技巧，」白羅點點頭說，「要是我接受又怎麼樣呢？」
「如果你接受，他們授權我給你一份……補償金。」
他取出皮夾，在桌上扔下十張鈔票，每張面額高達一萬法郎。
「這只是聊表心意，表示我們說到做到，」他說，「日後會再給你十倍的數目。」
「天哪，」我跳起來大叫，「你竟然認為——」
「海斯汀，坐下，」白羅蠻橫地說，「管管你自己的脾氣，乖乖坐著。先生，我只能這樣問你：你要怎樣在我朋友的看管之下，讓我不打電話報警，不讓警察來抓你？」

「如果你覺得有把握的話，就儘管去打吧。」訪客語氣鎮定地說道。

「噢！白羅，我告訴你，」我大叫，「我再也受不了了，馬上打電話報警，讓警方來處理。」

我迅速起身，大步走向門邊，背對著門。

「這樣做最合理不過了。」白羅喃喃自語，彷彿正在和自己辯論。

「只不過，你覺得不妥是嗎？」訪客面帶微笑說。

「去打啊，白羅。」我催促他。

「老弟，這人交給你。」

他拿起話筒的時候，男子突然像貓一樣縱身向我一躍而來，我已經做好準備。接下來一分鐘，我們兩人纏鬥，繞著房間蹣跚走動。突然間我感覺他跌了一跤，腳步不穩，於是我趁機壓他向下——他在我壓下前先倒地，但隨後在我興起一陣勝利的喜悅時，發生了預料之外的事——我感覺到自己向前飛行，一頭撞向牆壁；我一下子就站起來，不過對手已經逃脫，門也已經關上。我衝向前去搖著門，結果門已經由外面反鎖。我從白羅手上搶過電話。

「經理嗎？擋住那個正要跑出去的人，他身材高大，外套一直扣到最上面，戴著一頂軟帽。他是警方的通緝要犯。」

才不過幾分鐘，外面的走廊就傳來一陣噪音。我們聽到鑰匙轉動的聲音，門也被一把推開。經理本人站在門口。

「那個人，你抓到了嗎？」我大叫。

「沒有，先生，沒有人下樓啊。」

「你一定是和他錯身而過了。」

「沒有什麼人錯身而過啊，先生。他竟然能夠逃脫，真是不可思議。」

「我想應該有人走過你身邊，」白羅用他的溫柔語調說，「可能是旅館員工？」

「只有一個服務生，端著一個茶盤經過而已。」

「啊！」白羅的語氣道盡千言萬語。

§

「就是因為這樣，他才將外套扣到最上面。」當我們最後終於打發走了情緒激動的旅館人員，白羅喃喃道。

「我真是萬分愧疚，白羅，」我相當氣餒，低聲說，「我還以為已經將他制伏了。」

「沒錯，他用的是日本人的招數。別難過了，老弟，一切都按照計畫進行——按照他的計畫。正合我意。」

「怎麼說？」我邊大叫邊用力踹地板上的一個棕色物體。

那個物體是薄薄的皮夾，外面包著棕皮，顯然是他剛才和我搏鬥時遺留下來的。裡面有兩張已簽收的帳單，署名是菲利斯．拉翁先生，還有一張摺疊起來的紙片。我一看到那東西就怦然心跳。那張紙是筆記簿的紙裁成一半，上面用鉛筆胡亂寫了幾個字。潦草歸潦草，卻具有極大的重要性。

委員會下一場會議訂於星期五上午十一時，地點是艾切爾街三十四號。

署名是一個大大的「4」。

今天就是星期五了，壁爐架上的時鐘指著十點半。

「我的天啊，怎麼這麼湊巧！」我大叫。「我們走運了，一定要馬上行動——運氣怎麼會這麼好！」

「他來的目的正是如此，」白羅喃喃說道，「我現在都摸透了。」

「摸透什麼？快點啦，白羅，別在那裡作白日夢了。」

白羅看著我，慢慢搖搖頭，面帶微笑。

「『來我的客廳坐坐，蜘蛛對蒼蠅說。』你們英國不是有一首這樣的兒歌嗎？不對不對，他們比較含蓄，不過還沒赫丘勒．白羅來得含蓄。」

「你到底想說什麼啊，白羅？」

「老弟，他今天早上來找我們，真正的原因何在，我一直想找到答案。他來這裡的目的是真的要賄賂我嗎？或者只是想嚇唬我，讓我不敢繼續追查下去？怎麼想都不合情理。這麼說來，他來訪的目的究竟何在？現在我看穿了他們整個計謀，那是個非常縝密、非常漂亮的計謀。表面上，他們是想賄賂我或嚇唬我，打鬥的場面他一點也不迴避，為的只是讓皮夾掉得自然而合理，最後還設下陷阱！上午十一點在艾切爾街？我才不吃那一套！要騙赫丘勒．白羅，可沒那麼容易。」

「天啊。」我嚥下一口氣。

白羅自顧自的皺起眉頭。

「還有一件事我不太明白。」

「什麼事？」

「海斯汀，這個時間，這個時間。如果他們想用調虎離山計把我支開，晚上行動不是更好嗎？為什麼要在早上？是不是今天早上有什麼事情要發生？這件事他們是不是不能讓赫丘勒．白羅知道？」

他搖搖頭。

「我們等著瞧好了。老弟，我就坐在這裡，不出去驚動對手，我們守株待兔。」

信差送來藍色小郵件時，正好是十一點半。白羅打開信件，交給我看。寄件人是全球知名的科學家奧莉維爾夫人。我們昨天才因為哈勒戴失蹤的案子去拜訪過她。信件裡要求我們即刻前往帕西。

我們片刻也不遲疑，遵照信件的指示動身。奧莉維爾夫人在同一間小會客室裡接見我們，我再度懾服於她的魅力、長形的修女臉孔以及熾熱的眼球，懾服於亨利・貝克勒[2]與居禮夫婦這位優秀接班人的裙襬下。她開門見山直截了當地說：「各位，你們昨天為了哈勒戴先生失蹤的事來找我，我也知道你們當時返回我的住處，要求見我的祕書伊妮茲・薇荷諾一面。她跟你們一起離開別墅後，就此不見蹤影了。」

「就只有這樣嗎，夫人？」

「不只是這樣。昨天晚上實驗室有人侵入，盜走了幾份很有價值的報告和備忘錄。竊賊本來還想偷走更寶貴的東西，幸好他們打不開那個大保險箱。」

「夫人，我來告訴你這個案子的真相。你從前的祕書薇荷諾夫人，其實是羅薩柯夫伯爵夫人，她是個神偷。哈勒戴先生失蹤，和她有直接關係。她跟你跟了多久？」

「五個月了。你說的話讓我很驚訝。」

「很難接受？沒錯，不過全是事實。這些報告，要找出來是不是很簡單？還是你認為有內賊？」

「奇怪，小偷竟然知道放置報告的確切地點。你認為伊妮茲……」

「沒錯，他們都是靠她提供的消息來行動，這一點無庸置疑。只不過，小偷沒有找到那項珍貴的東西。那究竟是什麼？是珠寶嗎？」

奧莉維爾夫人淡淡一笑，搖搖頭。

「是比珠寶還要貴重得多的東西。」她朝四周看了一下，然後向前彎腰，壓低嗓音說：

「是鐳。」

「鐳？」

「是的。我現在已經到了實驗的緊要關頭。我自己擁有一小部分的鐳，而因為研究的關係，也向別處借來一些。儘管分量很少，卻占了全世界總量的很大部分，價值高達數百萬法郎。」

「現在放在哪裡？」

「放在大保險箱裡面的鉛盒中。保險箱的外表故意做得既老舊又破損，不過本身其實是保險箱製造商的精心之作。大概就是這樣，竊賊才沒有辦法打開。」

「這東西你還得保存多久？」

「兩天而已。過兩天我的實驗就全部結束了。」

白羅的眼睛一亮。

「伊妮茲．薇荷諾知道嗎？……很好，這表示竊賊會再回頭來找。夫人，請別把我的話

2　亨利．貝克勒（Henri Becquerel, 1852-1908），法國物理學家，放射性的發現者。

告訴別人。請放心，我會幫你看管鐳。你有沒有實驗室通往花園的鑰匙？」

「有，在這裡。我自己複製了一把。兩棟別墅間有個小巷道，這把鑰匙可以用來打開通往巷道的花園小門。」

「多謝你了，夫人。今天晚上，請和往常一樣就寢，不要害怕，一切交給我。不過，千萬別告訴任何人，連你的兩位助手蔻勞德小姐和亨利先生都不能透露，特別是要對他們三緘其口。」

白羅十分滿意地摩擦著雙手，離開別墅。

「我們下一步該怎麼辦？」我問。

「海斯汀，我們接下來要離開巴黎，前往英格蘭。」

「什麼？」

「我們要打包行李，吃午餐，然後驅車前往北方公園。」

「鐳怎麼辦？」

「我剛才只是說我們要前往英格蘭，並沒有說我們要抵達英格蘭。海斯汀，你好好想一下。有人在監視我們，跟蹤我們，這一點相當肯定。我們一定要讓敵人認為我們要回去英格蘭。除非讓他們看到我們上了火車，否則他們不會相信我們已經動身離去。」

「你的意思是說，我們又要在最後關頭中途開溜？」

「不，海斯汀。我們的對手若未看到我們確確實實離開，是不會心滿意足的。」

「可是，火車不是一直要到加來才會停靠嗎？」
「如果有人肯花錢，火車還是會中途停下來的。」
「噢，少來了，白羅，直達車不能付費停靠，他們才不吃這一套。」
「親愛的老弟，你難道不知道火車上有個小拉柄，就是那個緊急停止的信號？如果不依規定使用，要接受一百法郎的罰款——」
「噢！你想動那個？」
「我的一個朋友皮爾．康柏會替我們動手。趁他和警衛起爭執、大鬧、引起全車人興奮圍觀時，你和我就悄悄溜走。」
我們一步步實行了白羅的計畫。皮爾．康柏是白羅的多年密友，顯然很清楚白羅的習慣伎倆，很樂意幫這個忙。當火車駛出巴黎近郊時，他拉動火車的通訊線，然後在法國人能容忍的程度下「大鬧一場」，而白羅和我也得以在未引起注意的情況下從容下車。我們的第一道程序是先易容。白羅在一個小箱中帶了相關物品，最後兩人穿上骯髒的藍色上衣，假扮成遊民的模樣。我們在偏遠的一家小旅社吃晚餐。晚餐後重回巴黎。
晚上接近十一點，我們才又回到奧莉維爾夫人的別墅附近。我們先觀察馬路周遭的情形，再潛入巷道裡。這一帶似乎完全沒有人影。我們很確定無人跟蹤。
「我想他們應該還沒趕到才對，」白羅對我低聲說，「他們可能要到明天晚上才會來，不過他們很明白，再過兩個晚上，鐳就要被送走了。」

我們小心翼翼開了花園門上的鎖。門一聲不響地打開，我們也進入了花園。然後，我們在完全沒有心理準備的情況下，遭人重擊了。不到一分鐘，我們被包圍起來，被堵住嘴巴，綁得緊緊的。至少有十個人埋伏在側，再怎麼抵抗也是徒勞無功。我們就像兩捆無依無靠的稻草堆被人抬著走。讓我驚訝不已的是，他們抬著我們走向別墅而非遠離別墅。他們用鑰匙打開實驗室的門，把我們抬進去，其中一人在大保險箱前彎腰，開啟了保險箱的門，頓時一陣不舒服的感覺順著我的脊椎骨往下竄。他們是想把我們鎖在保險箱裡，任憑我們慢慢窒息而死嗎？

然而，讓我大吃一驚的是，保險箱裡面竟然有階梯通往地板下面。我們被用力推進狹窄的通路，最後進入一個大型的地下密室，裡面站著一位女人，身材高大威武，以黑色絨布面罩遮掩臉孔。看得出她以權威的手勢來掌控全局。幾個男人將我們扔在地上然後離開，最後只剩下我們兩人和這位戴著面罩的神祕人物獨處。我很確定她是誰，她就是那位身分不明的法國女人，也就是四大天王的三號。

她跪在我們身旁，取下堵在我們嘴巴裡的東西，不過並沒有為我們鬆綁。隨後她起身面對我們，突然一把摘下面罩。

是奧莉維爾夫人！

「白羅先生，」她用低沉揶揄的語氣說道，「偉大、高明、僅此一家別無分號的白羅先生。我昨天早上就給了你一點警告，但你還是選擇置若罔聞……你還以為自己可以和我們鬥智。結果呢，現在還不是落在我們手裡！」

她散發出一種冰冷的惡意，讓我覺得冷到骨髓裡，那和她熾熱的眼神截然不同。她神經錯亂了，聰明到極點，結果神經錯亂！

白羅不發一語。他的下巴往下掉，一直盯著她看。

「看來啊，」她柔柔地說，「結局就是這樣了。我們不許任何人攪局。你們還有什麼最後心願啊？」

在這次經歷之前，以及之後，我都沒有感覺到距離死神這麼近。白羅的表現可圈可點，他不但沒有顯露出畏懼的神情，臉色也沒有發白，只是一眼不眨地盯著她看。

「夫人，我對你的心理狀態有莫大的興趣，」他悠悠地說，「很可惜時間實在太短，沒辦法讓我好好專心研究一下。沒錯，我是想請你實現我最後的心願。我相信死囚都有權利抽最後一根菸。我身上有個香菸盒，如果你不介意的話……」他低頭看著綁在身上的繩子。

「別想！」她大笑起來。「你是想叫我解開你的手，對吧？你真聰明啊，赫丘勒・白羅先生，我很清楚你在打什麼主意。我不會鬆開你的手，不過我會幫你點根菸。」

她跪在他身邊，掏出一個香菸盒，取出一根香菸，放在他的雙唇之間。

「我去拿火柴。」她起身說。

「夫人，沒有必要。」

他的口氣讓我陡然一驚，她也一下子怔住了。

「請你別動，夫人，你一動就會後悔莫及。你對箭毒的特性是否了解呢？南美洲的印第安人都是用箭毒來塗抹箭矢，只要輕輕一刮，保證必死無疑。有些部落還會將毒箭放在吹筒裡。而我呢，也把吹筒製成香菸形狀，只要這麼一吹……啊！你嚇到了吧？不要輕舉妄動，夫人，這根香菸的設計精巧，只要我吹一口氣，一根像是魚刺的小型飛鏢就會激射而出，命中目標。夫人啊，你也不想死吧？如果不想死，就解開我朋友海斯汀身上的繩索，放他走。雖然我不能使用雙手，還是可以轉頭，讓……夫人，你怎麼還不動手？希望你別誤了大事才好。」

她的臉孔交雜了憤怒與仇恨而抽搐著，此時她緩慢伸出顫抖的雙手，依照他的指示彎下腰來。我自由了，白羅口頭指示我應該怎麼做。

「海斯汀，拿你剛才身上的繩索去綁住夫人。就是那樣。有沒有綁緊？然後再請你解開我身上的繩索。幸好她支開了隨從，如果走運，說不定出去也不會遇到攔阻。」

不到一會兒，白羅就站在我身邊，向那位女士鞠躬。

「赫丘勒．白羅才不是任人宰割的蠢貨，夫人。晚安囉。」

因為嘴巴裡塞了東西，她無法搭腔，然而她眼神中閃耀出凶惡的光芒，還是讓我不寒而慄。我衷心希望不要再度落入她的手掌心。

三分鐘後我們走出了別墅，快步橫越花園。外面的馬路上沒有一絲人影，我們很快就安全脫身。此時白羅再也按捺不住了。

「那個女人剛才數落我的話，一點都沒錯。我是個白癡加三級，可悲可憐的動物，超低智商的智障兒。我還為著沒有落入他們的圈套而沾沾自喜。他們根本也沒有設下圈套，只不過我還是自投羅網。他們知道我會看穿，算準了我一定會看穿。這樣正好解釋了一切，難怪他們那麼乖乖地舉白旗投降，放掉了哈勒戴，還有其他事情也都太容易了。奧莉維爾夫人是精神領袖，薇拉·羅薩柯夫只不過是她的手下。夫人需要哈勒戴的點子，而她也有足夠的天分來解決他解不開的難題。海斯汀，沒錯，我們現在知道誰是三號了，三號竟然是全世界數一數二的科學家！你想想看，東方的頭腦加上西方的科學，再配上兩個身分仍然不明的人物——我們非要查個水落石出不可。明天我們就返回倫敦，著手調查。」

「你不準備向警方檢舉奧莉維爾夫人嗎？」

「就算去檢舉，警方也不會相信我。那女人是法國人的偶像，更何況我們什麼也不能證明。如果她沒有舉發我們就算運氣不錯了。」

「什麼？」

「你想想看。我們晚上拿著鑰匙私闖民宅，她可以宣稱沒有給我們鑰匙。她在保險箱前面逮住我們，而我們則堵住她的嘴巴，將她捆綁起來，然後逃之夭夭。海斯汀，別妄想了，你們英國人不是這樣說的嗎，穿靴穿錯腳[3]？」

3 比喻與想像大有出入。

08 深入虎穴

在帕西的別墅發生過那件事之後，我們急忙趕回倫敦。有幾封寄給白羅的信件等著他開啟。他面帶詭異的微笑看了其中一封，然後遞給我。

「老弟，你看看。」

我首先看署名，「艾伯・瑞蘭德」，不禁想起白羅說過的話：「全世界最富有的人」。瑞蘭德先生的信簡潔犀利。白羅找藉口在最後關頭退出原先約定的南美之行，他對白羅的藉口非常不諒解。

「一想到有人對他做出這種事情，他一定會火冒三丈，對吧？」白羅說。

「我想，他不諒解你，應該也很自然吧。」

「不，不對，你沒搞懂。你記得梅爾林說過的話嗎？他跑來這裡避難，結果還是死在敵人手裡。他說『二號是以S加上兩條槓來代表』，也就是美元的符號。也可以用兩條線和一顆星來表示。我們可以因此假設他是美國公民，他代表的是財勢。』再想想，瑞蘭德提供優厚的數目引誘我離開英格蘭，海斯汀，你的看法如何？」

「你的意思是，」我盯著他看，說道，「你懷疑艾伯．瑞蘭德這個百萬富翁，就是四大天王裡的二號？」

「海斯汀，你的聰明才智抓住了重點。沒錯，我是這麼認為。你剛才提到『百萬富翁』時講得理直氣壯，不過且讓我點明一件事實：這件事是由最頂端的人來主導，而瑞蘭德先生在商場上素有殺人不眨眼的風評。他這個人精明能幹，無所不為，財產享用不盡，他想爭取的是無窮盡的勢力。」

白羅有這番見解，想必其來有自。我問他，這一點他是什麼時候確定的。

「也只是這樣而已。我不是很確定，也無法確定。老弟，只要能知道箇中原因，我什麼都願意付出。暫且讓我將第二號設定為艾伯．瑞蘭德，這樣也算是往最終目標邁進一步。」

「從信裡可以看出他剛到倫敦，」我邊說邊拍拍手中的信件。「你要不要登門拜訪，親自去表達歉意？」

「就這麼辦吧。」

兩天後，白羅回到我們的住處，心中充滿興奮之情，難以抑遏。他以最衝動的方式抓住我的雙手。

「我的朋友，我們面臨了一個空前絕後的重大狀況！不過其中暗藏危機，有極大的危險。我甚至不該要求你去做。」

如果白羅想嚇唬我，他這樣做適得其反；我也這樣告訴了他。後來他變得比較不那麼語無倫次後，便開始陳述他的計畫。

看來瑞蘭德正在徵求英國人來當他的祕書，條件是要舉止合宜。白羅建議我去應徵。

「我本來要自己去試試看，」他語帶歉意地解釋。「不過你也知道，要我假裝成他們徵求的那一類人，幾乎是不可能的事。我英文說得很流利，只有在情緒激動的時候會失常，要騙人不是什麼大問題。即使是刮掉鬍子，還是有人會認出我就是赫丘勒．白羅。」

我也這麼認為，所以就宣布自己願意隨時上場，深入瑞蘭德的虎穴。

「反正錄取機會只有一成。」我說。

「別這麼說，他會錄取你的。我會安排別人假冒前雇主來做推薦，他一定會對你愛不釋手。內政大臣會推薦你。」

聽起來有點像在天馬行空，不過白羅揮揮手要我別懷疑。

「聽我的，他會推薦你。我以前幫他調查過一個小案子，讓他躲過一場重大醜聞，整個案子在私底下解決得天衣無縫，如今他就像小鳥一樣停在我手上乖乖啄食麵包屑。」

我們的第一步是去找演員來幫我化裝。他的身材矮小，轉頭的動作活像是小鳥，有幾分像白羅。他靜靜端詳了我好一陣子，然後全心投入工作。半小時後我照鏡子，大吃一驚。特製的鞋子讓我至少長高了兩英寸，我身上的外套也給人修長、瘦弱的錯覺；眉毛經過巧妙修剪，完全改造了我的臉孔。他也在我臉頰上黏了東西，而臉上原有的深棕色悄然不見蹤影；上唇的小鬍子也不見了，嘴巴一邊明顯露出一顆金牙。

「你的名字，」白羅說，「叫作亞瑟．內佛爾。老友，願上帝保佑你。你要深入險境，我很為你擔心。」

我依瑞蘭德先生約定的時間來到他的住處，心裡七上八下，向管家要求晉見這位大人物。等了一兩分鐘後，我走到他在樓下的房間。

瑞蘭德坐在桌子前，眼前放著一封信，我用眼角餘光分辨出那是內政大臣的筆跡。這是我頭一次和這位美國百萬富翁見面，心中忐忑不安。他的外表帶給我相當大的衝擊，他高高瘦瘦，鷹鉤鼻，下巴戽斗，眼睛透過高聳的眉毛閃爍出冷峻的灰色光芒。他一頭濃密灰髮，叼著一支長長的黑雪茄（我後來才知道，他出現在人前時必抽雪茄），瀟灑地叼在嘴角。

「坐下。」他用喉音說。

我坐下。他拍拍眼前的信件。

「根據這份推薦函，你應該是個很優秀的人才，我也不必再找了。你呢，熟不熟社交事務呢？」

我告訴他，這方面我應該可以滿足他的要求。

「我的意思是，如果我邀請了貴族來鄉下別墅，那些公爵、伯爵、子爵之類的人物，你都能辨識出來，能夠依照禮儀安排他們坐上晚餐圓桌嗎？」

「噢！那很簡單。」我面帶微笑回答。

我們接著談了一些注意事項，然後就正式錄取了。瑞蘭德想徵求的是熟稔英國上流社會禮儀的祕書，因為他已經有了一位美國祕書和速記員。

兩天後我前往哈頓切斯，那裡是羅姆郡公爵的領地，瑞蘭德向他承租六個月。

我的職責一點也不困難。過去我曾擔任一名日理萬機的國會議員的私人祕書，因此這個角色我扮演起來並不生疏。瑞蘭德喜歡在週末招待賓客，不過到了週三週四就相對清靜。我很少看到他的美國祕書艾波比先生，但他看起來是個親和而普通的美國青年，工作起來非常有效率。至於速記員瑪婷小姐，就比較常看見了。她是個漂亮女孩，年約二十三、四，頭髮赤褐色，眼珠棕色，有時候眼神帶點調皮，但一般都非常含蓄，不敢抬頭看。我感覺到她既不喜歡也不信任老闆，儘管如此，她還是很小心，絕不露出不滿的神情。只是有一次她不期然對我吐露心聲。

不用說，我早就已經謹慎過濾這裡所有的人，傭人當中有一兩人最近剛受聘進來，我猜是馬伕，還有幾個女僕也是。管家、領班和廚子都是公爵自己的下人，他們都答應留在這裡工作。我認為女僕沒有什麼重要性，將她們排除在外。我仔細觀察過第二個馬伕詹姆士，後來才明白他只不過是個馬伕的助手而已，也沒有什麼重要性。他其實是管家甄選進來的。我比較懷疑的人是迪福斯，瑞蘭德的侍從，是瑞蘭德從紐約帶過來的人。他出生在英國，舉止零缺點，不過我還是對他抱持著些許疑慮。

我已經來到哈頓切斯三個星期了，仍然沒有發生過任何可以支持我們理論的事件，也根本找不出任何四大天王活動的蛛絲馬跡。瑞蘭德先生個性和作風強悍，而我愈來愈覺得白羅走錯了這著棋，誤認為他和四大天王有所關聯。我甚至某天晚餐時還聽到他不經意提及白羅的名字。

「這小矮子還真厲害，聽人家說的。可惜不是說到做到的人。怎麼搞的，我聘請他做事，結果在最後關頭打了回票。你們那個赫丘勒．白羅是什麼東西啊，我再也不和他打交道了。」

就是在這種時刻，我會覺得墊在臉頰上的東西簡直很討厭！

後來瑪婷小姐告訴我一件相當古怪的事。瑞蘭德帶著艾波比前往倫敦，瑪婷小姐和我喝完茶後一起到花園散步。我很喜歡這個女孩。她很自然，一點也不造作。我看得出她有心事，最後她還是說出口了。

「內佛爾少校，你知道嗎？」她說，「我真的在考慮辭掉這裡的工作。」

我有點驚訝，而她則很快接著說：「噢！我知道這個工作就某方面而言很好，如果我辭職，很多人都會說我太傻。可是，內佛爾少校，我實在受不了別人惡言相向。紳士不該口出惡言才對。」

「瑞蘭德是不是都對你罵髒話？」

她點頭。

「那還用說，他總是動不動就發脾氣，大家都知道，這是很稀鬆平常的事情。不過他會無來由的大發雷霆，看起來真的像是要殺了我似的！而且，我也說過，根本一點理由也沒有！」

「要不要告訴我發生了什麼事？」我很有興趣地問。

「你也知道，我負責拆開瑞蘭德先生的所有信件。有些我直接交給艾波比先生，其他的我就自行處理，所有的初步分類都是由我來進行。有一次來了一些信件是用藍色信紙寫的，角落上有小小的『4』……對不起，你說了什麼嗎？」

我剛才壓抑不住激動的情緒，驚呼了一聲，不過我連忙搖搖頭，請她繼續說下去。

「就像我剛才說的，這些信件是寄給瑞蘭德先生的，而我也接受了嚴格的指示，絕對不可以拆開，要原封不動交給瑞蘭德先生。我當然都是這樣照做。不過昨天上午來的郵件比往常多出很多，我急急忙忙拆開所有信件，結果一不小心打開了一封他嚴禁拆開的信件。我一發現做錯事，馬上向瑞蘭德先生報告，向他解釋清楚。結果我好驚訝，他火冒三丈，怒氣沖天。我說了，我當時真的嚇壞了。」

「信件裡面到底寫了什麼，讓他發那麼大的脾氣？」

「什麼也沒有啊，怪就怪在這裡。我看完了信件後才發現做錯事。信的內容很短，我都可以一字不漏記下來。裡面根本沒有什麼值得震怒的地方嘛。」

「你說你可以原原本本重複信件的內容嗎？」我誘導她。

「是啊。」

她停頓一下，然後慢慢開始背誦信件內容，我則暗中記下每字每句：「親愛的先生：我認為，目前的要務是見見地方。如果你堅持要包括採石場，一萬七千似乎很合理。佣金抽百分之十一太多，百分之四就夠了。謹此，亞瑟・利福沙姆。」（Dear Sir-The essential thing now, I should say, is to see the property. If you insist on the quarry being included, the seventeen thousand seems reasonable. 11 per cent commission too much, 4 per cent is ample.）

瑪婷小姐繼續說道：「顯然是瑞蘭德先生考慮購買某些土地，不過說真的，我覺得一個人如果因為這麼一點小事就大發脾氣，的確很危險。你覺得我應該怎麼辦才好，內佛爾少校？你見過的世面，比我多太多了。」

我安慰她，推說瑞蘭德先生可能胃腸不好，所以脾氣才這麼火爆。最後她離去時，情緒已經平復不少。然而我仍感大惑不解。她走了之後只剩我一個人，我取出筆記本，抄下剛才記下的信件內容。那究竟是什麼意思？這封信的內容顯然無關痛癢。是不是關係到瑞蘭德進行的某件商場上的交易，所以很擔心在還沒有成交前細節先曝光？這個解釋有其可能性。不過信封上有做過小小的「4」的記號，我覺得至少和我們正在追查的東西有直接關聯。

關於信件內容，我整晚百思不解，隔天的大部分時間也一直在思考，並在突然間有了解答。非常單純，「4」的記號就是線索。信件裡的字，每四個字要跳過三個字去解讀才有意義，結果就出現了一個截然不同的內容。「要務 見你 採石場 十七 十一 四。」（Essential should see you quarry seventeen eleven four.）

要解開這些數字的謎題也很簡單。十七代表十月十七日，就是明天；十一代表時間；4是簽名，那若不是指神祕的四號，就是指四大天王的「註冊商標」。採石場也很容易理解，距離這裡大約半英里處，有座廢棄的採石場。人煙稀少，用來私下會面最理想不過了。

一時之間，我實在很想自己獨挑大梁，如果能在白羅面前趾高氣揚，該是一件多麼值得誇耀的事啊！

然而最後我還是抗拒了獨挑大梁的誘惑。這件事非同小可，我沒有權利單獨行動。如果貿然赴約，可能會壞了大事。這次我們總算趕上了對手一大步，一定要好好把握。而且儘管我不願明講，但我得承認白羅的頭腦的確比我好。

我火速寫信給他，一五一十將情勢講給他聽，向他說明最好馬上前來聽聽他們見面說些什麼。如果他願意讓我自己來，那最好不過了，不過我還是給了他詳細的路線圖，指引他從車站到採石場的路線，如果他認為應該親自前來的話也有個根據。

我帶著信件來到村子裡，親手寄了出去。我臥底期間一直和白羅保持聯繫，不過我們也約定好，不能由他主動和我聯絡，以免信件遭人擅自打開時穿幫。

次日晚上我高興得神采奕奕。屋子裡沒有客人過夜，整個晚上我都和瑞蘭德先生在他的書房裡忙著。我早就預知會有這種結果，所以也沒有期望能和白羅在車站會面。儘管如此，我還是很有信心瑞蘭德先生會在十一點以前讓我去休息。

果然不出我所料，才過十點半，瑞蘭德先生瞄了一下時鐘，宣布他今天「到此為止」。我明白他的意思，不動聲色地退下。我上樓假裝就寢，卻悄悄從旁邊的樓梯溜下來，走到花園，身穿一件深色外套，以掩飾上衣前面白色的部分。

我在花園裡走了幾步路，這才轉頭看見瑞蘭德先生正從書房窗戶走進花園。他正要前去赴約。我加快腳步，好搶在他前頭。到了採石場時我有點喘不過氣來。看起來四下無人。我爬進一叢茂密糾結的草叢裡，靜待發展。

十分鐘過後時鐘敲了十一下的時候，瑞蘭德也悄然趕至，他帽子蓋過眼睛，嘴裡還是叼著一根雪茄。他匆匆環視四周，然後跳進下面採石場的低地。此時傳來一陣低聲說話的聲音。顯然另外一人，或是不只一人，不管他們是誰，都早就抵達現場。我謹慎爬出草叢，緩慢向前移動，盡量不發出任何聲響，像毛毛蟲一樣往陡峭的斜坡下爬行。在我和正在交談的人之間，現在只剩下一顆巨石而已。我隱身夜色中，繞過巨石窺視前方動靜，結果看到的是黑色、面目猙獰的自動手槍槍口！

「雙手舉起來！」瑞蘭德先生簡潔地說，「我一直在等你。」

他坐在岩石的陰影中，我因此看不見他的臉孔，不過他語帶威脅的口氣令人很不舒服。然後我的頸背感覺到冰冷的鐵圈貼近，瑞蘭德放下他的自動手槍。

「好了，喬治，」他懶洋洋地說，「讓他走過來這裡。」

我壓抑住內心的怒火，跟著喬治走進陰影中，讓這個看不見的人（我懷疑就是那個無懈可擊的迪福斯）塞住我的嘴巴，緊緊將我捆綁起來。

瑞蘭德再度用一種我認不太出來的語氣說話。這種語氣既冷酷又具威脅意味。

「你們兩人這下子走投無路了，竟敢一而再再而三地阻撓四大天王的計畫。有沒有聽過山崩？這附近兩年前曾經發生過山崩，今天晚上還會再來一次。我會讓山崩發生得天衣無縫。嘿，你那個朋友不太守時嘛。」

我全身泛起一陣恐懼。白羅！他隨時可能自投羅網，而我卻無能為力警告他。我只能祈禱，希望他決定讓我獨挑大梁，自己留在倫敦。照理說應該是這樣，因為如果他要前來，早就已經到了。

隨著時間一分一秒過去，我的希望就愈來愈濃厚。

突然間，我的希望破滅了，因為我聽見了謹慎的腳步聲，不過絕對是腳步聲錯不了。我極力扭動身體，卻一點用處也沒有。他們走下步道，停頓了一下，這時白羅本人現身了，他的頭稍微偏向一邊，仔細看向陰影中。

我聽到瑞蘭德心滿意足的吼叫聲，他舉起大號自動手槍大叫：「雙手舉起來！」迪福斯也跟著跳向前去，從後面抓住白羅。埋伏大獲成功。

「很高興見到你，赫丘勒．白羅先生。」瑞蘭德冷冷地說。

白羅鎮定的工夫真是一把罩，他絲毫不為所動，不過，我還是看見他的眼睛在陰影中搜尋著。

「我的朋友，他在這裡嗎？」

「對，你們兩人都是甕中之鱉了，四大天王的甕中之鱉。」

他笑了起來。

「甕？」白羅問。

「你不是才跌進來嗎？」

「我是知道有個陷阱沒錯，」白羅輕柔地說，「不過恐怕先生你弄錯了。是你自己掉進了陷阱，不是我和我的朋友。」

「什麼？」瑞蘭德舉高大型的自動手槍，但我看到他出現惶恐的神色。

「如果你開槍，等於是在十雙眼睛前犯下謀殺案，這會被處以絞刑。這個地方到處都是──過去一個小時以來都是──蘇格蘭警場的警探。我將了你一軍，艾伯．瑞蘭德先生。」

他吹了一下詭異的口哨聲，頓時間這地方像是被施了魔法，整個地方熱鬧了起來，到處都是人。他們逮捕了瑞蘭德和那位隨從，沒收他們的槍枝。白羅和指揮的警官講了幾句話後抓住我的手臂，帶我離開採石場。

一走出採石場，白羅用力擁抱我。

「你還活著，而且毫髮無損。太棒了。讓你自己一人去，害我自責不已。」

「我一切都很好，」我邊說邊擺脫他的雙手。「我只是有點糊塗。你不是也中了他們的小伎倆嗎？」

「可是，我是在等他們行動啊！不然我怎麼會放任你自己去臥底？你的假名、偽裝，根本騙不了人！」

「什麼？」我大叫。「你從來都沒告訴我。」

「海斯汀，我常常告訴你，你的個性善良正直，只有你自己受到矇騙的份，絕對輪不到你去矇騙他人。幸好他們一開始就看穿你的底細，而且也按照我預料中的情況，利用你來聲東擊西。任何人如果善用他的灰色腦細胞，結果一定是八九不離十。他們還派那位女孩……對了，老弟，從心理學的角度來看，這很有意思——她是不是一頭紅髮？」

「如果你指的是瑪婷小姐，」我冷冷說，「她的頭髮是俏麗的赤褐色，只是……」

「他們真是厲害，真的是！他們甚至還花工夫研究了你的個性。噢！沒錯，老弟，瑪婷小姐的確是圈套中的一環，說穿了就是這麼回事。她向你複誦信件內容，再加上瑞蘭德先生大發脾氣的故事，你一五一十寫了下來，讓自己的頭腦裡充滿問號。暗語弄得恰到好處，難是難，又不是太難。你解開了暗語，還找我過來。然而他們有所不知的是，我正在等這件事發生。我馬上去找傑派安排一切事宜，結果你也看到了，大獲全勝！」

我對白羅的行為不是很欣賞，我也告訴他了。我們一大早搭乘一輛載運牛奶的火車返回倫敦，一路上極為不適。

我剛洗完澡，一想到可以享用早餐就滿心歡喜，這時聽見客廳裡傳來傑派的聲音。我披上浴袍就急忙走過去。

「這次你讓我們大有斬獲，」傑派說，「白羅先生。可惜啊，這是我頭一次看到你栽了個跟頭。」

白羅若有所思。傑派繼續說道：「我們到了那邊，以為抓到的壞人如假包換——結果只不過是馬伕而已。」

「馬伕？」我噓了一口氣。

「對啊，叫詹姆士還是什麼名字來著。看來他和眾傭人打賭，說他假冒老爺一定沒有人認得出來。你就沒認出來啊，海斯汀上尉，還講了一大堆什麼四大天王臥底的事。」

「不可能啊！」我大叫。

「你不相信就算了。我帶著他直接回到哈頓切斯，正牌的瑞蘭德好端端的在床上睡覺呢。管家啦，廚子啦，還有其他不知道多少人，都下了賭注。到頭來不過是個沒什麼頭腦的騙局。全部情形就是這樣。隨從也還跟著他。」

「原來如此，難怪他要躲在陰暗處。」白羅喃喃說。

傑派告辭後我們面面相覷。

「海斯汀，我們知道的是，」白羅最後開口說，「四大天王中的二號就是艾伯・瑞蘭德。找來馬伕當替身，只是為了確保發生意外時能夠全身而退。而馬伕……」

「怎樣？」我吸了一口氣。

「就是四號仁兄。」白羅沉重地說。

09 黃色茉莉之謎

白羅認為我們一直都有新的進展，也逐漸洞悉對手的心態，他愛這樣說我倒不反對，只是我覺得需要更實質的成果。

自從我們和四大天王交手後，他們已經犯下兩起謀殺案，綁架了哈勒戴，也差點奪走我和白羅的性命。反觀我方，在這場比賽中幾乎還沒破蛋。

針對我以上的抱怨，白羅淡然處之。

「海斯汀，到目前為止，」他說，「他們是占了上風，那是事實。不過你們不是有個格言『最後笑的人，笑得最大聲』？到了最後，老弟，你等著瞧吧。你也要記得，」他接著說，「我們面對的不是一般的罪犯，而是全世界第二足智多謀的人。」

我盡量壓抑自己不要問那個答案想也知道的問題，以免讓他更加膨風。我知道答案是什麼，如果不知道，至少也清楚白羅的答案會是什麼。我想套出他究竟用什麼步驟來追蹤敵人，結果一無所獲。和往常一樣，他完全讓我蒙在鼓裡，不讓我知道他的行動方針，然而我猜想他已經聯絡了印度、中國和俄羅斯的情報員，而從他偶爾冒出來的自我吹噓中，我也可以得知，在他最喜愛的洞察敵人心理遊戲裡，他已經有所斬獲。

他個人的工作已幾乎完全停擺，而我也知道此時他推掉了一些酬勞相當可觀的案子。沒錯，他有時會調查一些讓他感興趣的案子，不過一旦他相信這些案子和四大天王的活動沒什麼關聯，通常會主動放棄。

他的這種職業態度，對傑派探長特別有利。無可否認的，傑派偵破的幾個案子中，其實都是聽了白羅那些半帶鄙夷的暗示後才破案的，而傑派也因為這些案子聲名大噪。

為了答謝白羅，傑派全力提供他認為有關聯的線索給這位矮小的比利時人，而當他接下報上刊載的「黃色茉莉之謎」時，打電報給白羅，問他有沒有興趣過來探討一下案情。

接到這份電報，大約是我在艾伯・瑞蘭德住處臥底後的一個月。我們兩人搭乘火車——包廂裡沒有其他人——揮別倫敦的煙霧和灰塵，前往沃瑟斯特郡的漢福德市場鎮，也就是謎團的所在地。

白羅往後靠在角落裡。

「海斯汀，你對這件事究竟有什麼看法？」

我並沒有立刻回答他的問題。我覺得小心為上。

「看起來很複雜。」我謹慎回答。

「可不是嗎？」白羅很高興地說。

「我猜想，我們匆忙趕去，明白顯示你認為培因特先生死於他殺，而不是自殺或意外身亡，對吧？」

「不對，不對，你誤解我的意思了，海斯汀。如果培因特先生死於慘絕人寰的意外，還是有幾個難解的狀況必須找出合理的解釋。」

「我剛才說很複雜，就是這個意思。」

「我們慢慢、有系統地來討論所有的線索。海斯汀，你敘述給我聽，有條不紊地說。」

我立刻開始敘述，盡量有條不紊。

「我們就先從培因特先生說起，」我說，「他享年五十五，生活富裕，具有文化素養，常到世界各地走動。過去十二年來，他很少待在英格蘭。但前不久，他突然厭倦了漂泊不定的生活，在沃瑟斯特郡買下一棟小房子，就在漢福德市場鎮附近，準備定居下來。首先他寫信通知唯一的親戚，是一個名叫傑若德·培因特的侄子——是他么弟的兒子——要他搬到克羅夫蘭和伯伯同住。傑若德·培因特是個身無分文的年輕畫家，很高興伯伯安排他搬過去。直到慘案發生為止，他在那裡住了七個月左右。」

「你的敘述手法真高明，」白羅喃喃說，「我告訴自己，是書本在講話，而不是我的朋友海斯汀在敘述。」

我不顧白羅的評語繼續講述，好戲才要開始呢。

「培因特先生在克羅夫蘭擁有不少僕傭，除了六名僕人之外，還有他自己貼身的華裔僕人阿令。」

「他的華裔僕人，阿令。」白羅喃喃說。

「上個星期二，培因特先生晚餐後覺得身體不適，交代一名傭人去請醫生。培因特在書房見醫生，因為他不願意上床。他們兩人之間的事情當時沒人清楚，不過在昆亭醫生離開之前，他要求和管家見一面，提到說他給培因特先生注射了一針，因為他的心臟非常虛弱，建議大家不要去打擾他。接著他問了一些有關傭人的怪問題，例如他們來這裡多久了、從哪裡來的之類。

「管家盡己所能回答這些問題，不過對問題的目的卻感到相當困惑。隔天早上就發現了慘案。一名女傭在下樓時聞到一陣令人作嘔的焦肉臭味，似乎是從主人的書房散發出來的。她想開門卻打不開，因為門從裡面反鎖了，所以她找上傑若德．培因特和那個中國人來幫忙，很快就破門而入，眼前那一幕卻慘不忍睹。培因特向前倒臥在瓦斯火爐裡，臉部和頭部都被燒焦得無法辨識。

「不用說，當時並沒有人懷疑，都認為只是發生了駭人聽聞的意外。如果真的要怪罪什麼人，就要怪昆亭醫生給病人打了痲醉藥物，置他於險境。之後又發現了一件古怪的事情。

「地板上有份報紙，是從老人的膝蓋下面滑出來的。翻過報紙就可以看見上面潦草寫了幾個字，筆墨非常單薄。培因特死前坐的椅子附近有張寫字桌，死者的右手食指沾有墨水，沾到第二個關節為止。顯然是培因特先生身體太虛弱，無法提筆寫字，因此將手指伸進墨水瓶裡蘸墨水，想在報紙上寫下四個字，然而這四個字本身看起來幾乎毫無意義：『黃色茉莉』，就只有這樣而已。

「克羅夫蘭這棟房子有很多黃色的茉莉長在牆上，有人認為他的遺筆指的就是牆上的茉莉，顯示這可憐的老人心智已經恍惚。報紙最喜歡炒作這一類怪事的新聞，將它稱之為『黃色茉莉之謎』，其實說穿了，這些字一點重要性都沒有。」

「你是說，那些字不重要？」白羅說，「好吧，無庸置疑。既然你這麼說，一定是不重要了。」

我很懷疑地看著他，但從他眼神中也看不出有任何嘲諷的意味。

「接下來呢，」我繼續說道，「就是審訊時轟動的場面了。」

「看來，這是你最喜歡的部分囉。」

「顯然有些地方對昆亭醫生不利。首先，他並不是一般的醫生，只是一個臨時代理醫生，替博利索醫生度長假時代班一個月。此外，有人認為意外發生的直接原因，是由於他的粗心大意。不過這項指控證據並不充分。培因特先生搬來克羅夫蘭之後，身體狀況一直欠佳，博利索醫生幫他看病已經有一段時間了。然而當昆亭醫生第一次來為他看診時，對他表現出的部分症狀感到百思不解。當天晚餐後未赴診之前，他只來看過培因特一次。房間裡只剩下他和培因特先生時，後者透露了一段驚人的事。他首先解釋說，他一點也沒有感到不舒服，只是晚餐的咖哩味道怪怪的。他藉口支開阿令幾分鐘，將盤中的食物裝進碗裡，交給醫生去分析，看看裡面是否真的含有異物。

「儘管培因特先生說他沒有不舒服，但醫生認為疑心病顯然影響到他的健康，他的心臟也受到影響，他才會為培因特注射了一針，並非麻醉藥品，而是番木鱉鹼[4]。

「整個案子的來龍去脈應該就是這樣。只不過，案情的重點在於沒有吃掉的咖哩。經過詳細分析後，他們發現咖哩裡面含有鴉片粉，分量足夠毒死兩個人！」

我停頓一下。

「海斯汀，你的結論是——」白羅靜靜地問。

「很難說，可能是意外；同一天晚上有人下毒，可能只是巧合。」

「但是你不這麼認為吧？你還是相信這是件凶殺案！」

「難道你不是嗎？」

「老弟啊，你和我的思考方式不一樣。我不想在兩個相反的解決之道之間選擇一個。是他殺或是意外，要等到我們解決了另一個問題後才能明朗。這個問題就是『黃色茉莉』的謎團。對了，你漏掉了一些東西。」

4　番木鱉鹼（Strychnine），一種興奮劑。

「你是說在字下面那兩條垂直交連的淺線嗎？我覺得不大可能有什麼重要性。」

「海斯汀，你就是死腦筋。不過現在暫時別管黃色茉莉之謎，先來看看咖哩之謎。」

「好。是誰下的毒？為什麼？問號有上百個。咖哩當然是阿令煮的，不過他為什麼想毒死主人？他是幫派人物，還是隸屬什麼組織？這種事常有。可能是黃色茉莉幫吧。而且不要忘了，還有傑若德．培因特。」我猛然停頓下來。

「沒錯，」白羅點頭說，「正如你說的，還有傑若德．培因特。他是他伯父的繼承人。不過當晚他外出用餐。」

「還是有可能是他在咖哩上動手腳，」我暗示，「而且他可以假裝有事外出，這樣就不會吃到毒咖哩。」

我覺得我的推理讓白羅感到心服。他以前看我的眼光一直都不是很鄭重，如今卻讓我有受到尊重的感覺。

「他回到家已經很晚了，」我推忖著內心的假設。「看見伯父書房的燈亮著，進了書房，發現計畫失敗，乾脆一把將老頭推進火爐裡。」

「海斯汀，培因特先生才五十五歲，身手尚稱矯健，絕對不可能完全沒有掙扎就活活被燒死。你這種重建現場的假設不能成立。」

「好吧，白羅，」我大叫。「我覺得已經夠接近事實狀況了。你心裡想的是什麼，說來聽聽吧。」

白羅對我微笑，吸氣鼓起胸部，開始用自以為是的態度說話。
「姑且假設是他殺。那我們最先碰到的問題就是，為什麼要選擇這種謀殺手法？我想到的原因只有一種——模糊身分，讓臉孔燒焦到無法辨識的程度。」
「什麼？」我大叫。「你覺得……」
「海斯汀，你有點耐心行不行？我只是在思考。有沒有證據判斷死者就是培因特先生呢？有沒有可能是別人的屍體？我考慮了這兩個問題，最後的答案都是否定的。」
「噢！」我很失望地說，「然後呢？」
白羅的眼睛亮出些許光芒。
「然後我告訴自己，既然這裡有些東西我不了解，乾脆動手調查清楚。總不能成天只辦四大天王的案子嘛。啊！我刷衣服的小刷子跑到哪裡去了？找到了。請你先幫我刷一刷，然後我再幫你刷。是啊，」白羅若有所思地說，一邊收起刷子。「一個人不能只做一件事。我一直有這種毛病。老友，你想想看，即使在這裡辦這個案子，我還是犯了同樣的毛病。你剛才提到的那兩條線，一條直直向下，另一條朝右畫，這個人想寫的，除了是4之外，還會有什麼？」
「拜託你行不行，白羅。」我大聲說，笑了起來。
「是不是很荒謬？四大天王的魔手，我到處都看得到。還是將心思放在一個完全不同的環境比較妥當。啊！傑派來迎接我們了。」

10 上克羅夫蘭調查去

蘇格蘭警場的傑派探長果真站在月台上等待，熱情迎接我們。

「啊，白羅，太好了，我就知道你一定想參一腳。這真是個頂尖的謎題，對吧？」

我覺得傑派的這番舉動顯示他已陷入迷霧之中，希望可以從白羅那裡獲得指點。

傑派開的車在一旁等著，我們一起驅車前往克羅夫蘭。克羅夫蘭是一棟方形的白色房屋，不虛飾門面，長滿了攀牆植物，星形的黃色茉莉也在其中。我們抬頭看的時候，傑派也跟著看。

「可憐的老頭，寫下那些字以為能夠止痛，」他說，「可能起了幻覺吧，以為自己人在外面。」

白羅對他微笑。

「傑派老弟啊，你覺得是什麼？」他問，「是意外，還是他殺？」

探長似乎被這個問題弄得有點尷尬。

「要是沒有咖哩的因素，我二話不說，一定選擇意外。把一個活人的頭放進火爐裡烤，根本沒道理，他一定會叫得全屋子的人都聽到。」

「啊！」白羅壓低聲音說，「我真傻，白癡透頂！傑派啊，你比我聰明。」

他的讚美讓傑派有點不知所措，因為白羅這個人通常只會誇讚自己。他臉紅起來，支支吾吾說他的理論還是有很多疑點。

他帶我們走進房子，來到慘案發生的房間，也就是培因特先生的書房。這個書房寬敞低矮，有幾張大的扶手椅，牆上放了滿滿的書。

白羅立刻望向房間另一端的窗戶，外面是布滿砂石的台階。

「窗戶當時沒閂上嗎？」他問。

「當然，窗戶是重點所在。醫生離開房間時，只是隨手關上門。隔天早上門卻鎖住了。是誰鎖上的？是培因特先生嗎？阿令宣稱窗戶關著，而且閂上了。而昆亭醫生呢，說他印象中窗戶關著，並沒有閂上，但他不敢保證。如果他能保證印象沒錯的話，結論就有很大的差別了。如果是他殺，凶手不是從門就是從窗戶進入房間。如果從門進來，就不是外人所為；如果是從窗戶進來，大家都有嫌疑。他們一拆掉房門，第一件事就是打開窗戶，而打開窗戶的女傭認為窗戶並沒有閂上，只可惜她這個證人是最差勁的那種證人，不管你要她回想什麼，她都想得起來！」

「鑰匙呢？」

「你又來了。鑰匙在地板上，掉在房門的碎片中。可能是從鑰匙孔中掉落地面，可能是進房間的其中一人掉在地上，也有可能是從外面順著地板滑進去的。」

「每件事都是『可能』嘛！」

「你說對了，白羅先生就是這麼回事。」

白羅四處看看，很不高興地皺著眉頭。

「什麼頭緒都沒有，」他喃喃自語，「剛才是有靈光一閃，可惜現在又是一片黑暗。我找不到線索，找不到動機。」

「那個年輕人傑若德．培因特，他有很強烈的動機，」傑派陰沉沉地說。「告訴你，他不是個乖小孩，而且揮霍無度。你也知道藝術工作者都是什麼德性，完全沒有道德觀念。」

傑派以偏概全地全盤否定藝術工作者，但白羅並沒有多加反駁，只是會心微笑著。

「傑派啊，你不是在故布疑陣吧？我很清楚，你懷疑的人其實是那個中國人。你還真狡猾啊，想要我助你一臂之力，卻又轉移我的注意力。」

傑派噗嗤笑出來。

「白羅先生，你真是不改本色啊。對，我鎖定的人是那個中國人，現在可以向你承認。在咖哩裡面動手腳的人，就屬他最有可能。既然他想幹掉主人，一次沒有成功，同一個晚上他還會再試一次。」

「我倒不確定是他幹的。」白羅輕輕說。

「我最想不透的還是動機，是異教徒復仇之類的原因吧。」

「我很納悶，」白羅再度開口。「怎麼會沒有搶劫的痕跡？怎麼會沒有東西失蹤？珠寶啦、鈔票啦、文件啦，怎麼都好端端的？」

「不，倒也不盡然。」

我豎起耳朵，白羅也一樣。

「我是說，沒有發生搶劫事件，」傑派解釋，「不過老頭當時是在寫書，內容不詳。我們今天早上才知道這件事，因為正好收到出版社寄來的信，問到稿子的事情。看起來好像是剛剛才完成。小培因特和我翻箱倒櫃，就是找不到稿子。他一定是拿去藏在什麼地方了。」

白羅的眼睛閃爍出綠色的光芒，而我對他這種眼神最清楚不過了。

「這本書，書名是什麼？」他問。

「好像是叫作『中國背後的那隻手』。」

「啊哈！」白羅幾乎喘不過氣來，然後很快接著說：「把那個中國佬阿令帶來給我瞧瞧。」

有人去找阿令來。他拖著腳步，眼睛向下看，馬尾辮晃來晃去。他的臉孔不見一絲情緒的波動。

「阿令，」白羅說，「主人死了，你難不難過？」

「我很難過。主人人很好。」他的英文發音和文法都很不標準。

「他是被誰殺的，你知道嗎？」

「我不知道。如果知道的話，早就跟警察講了。」

他們兩人繼續一問一答。阿令帶著沒有表情的臉孔，描述了他煮咖哩的過程。他說廚子和這件事一點關係也沒有，碰到過咖哩的人，只有他自己一個而已。他做出這種告白，我不知道他清不清楚會陷自己於什麼處境。他也和其他人的說法一致，表示當天晚上靠花園的那扇窗戶門得好好的。如果早上已經打開了，一定是主人自己打開的。最後白羅讓他離開。

「這樣就可以了，阿令。」正當阿令走到門口時，白羅叫住了他。「你說，你對黃色茉莉一無所知嗎？」

「不知道，我會知道什麼？」

「寫在黃色茉莉下面的那個符號，你也不清楚囉？」

白羅邊說邊將身體往前靠，很快就在小桌的灰塵上找到什麼東西。他伸手將那個東西抹掉，不過因為很靠近我，我就看見了。桌子上畫著一條向下的直線，到一半時向右彎曲，中間一條線垂直向下，形成一個大大的4。阿令的反應像是被電到。一時之間他的臉孔彷彿戴上一張恐懼的面具。然後他再度面無表情，重複他鄭重的否定，最後就退下了。

傑派也離開，前去尋找小培因特，只剩下白羅和我兩人。

「海斯汀，是四大天王呀，」白羅大聲說，「又是四大天王。培因特經常旅行。在他的書裡，一定是寫了一號李昌彥的重要線索。他可是四大天王的首腦和主謀啊。」

「不過，是誰……怎麼會……」

「噓，他們來了。」

傑若德這位年輕人態度親和，外表看起來相當虛弱。他留了軟軟的棕色鬍子，還繫了一條奇特的大領帶。他回答白羅的問題時，態度還算直率。

「我和幾個鄰居出去吃飯，他們是維徹里一家，」他解釋。「我幾點回家？大概是十一點左右吧。你知道，我有鑰匙。所有傭人都已經上床睡覺了，所以我自然而然認為伯父也睡了。其實，我覺得我有看到那個腳步輕盈的中國乞丐阿令，看見他正好匆匆走過大廳轉角，可是我認為當時是看走了眼。」

「培因特先生，你最後一次看見你伯父是在什麼時候？我是說，在你搬來和他同住之前。」

「噢！最後一次是十歲的時候。你知道，他和他弟弟（我父親）吵了一架。」

「但是，他沒有費很大的工夫就找到你了，對吧？過了那麼多年，還是輕而易舉就找到了。」

「對啊，看到律師刊登的那個廣告，還真要靠一點運氣才行。」

白羅的問題到此為止。

我們接下來要去拜訪昆亨醫生。他的說法，本質上都和他在審訊時說的一樣，不同的地方很少。他是在自己的手術室接見我們，當時正好已經快看完病人了。他看起來是個有頭腦的人。鼻子上夾著眼鏡，正好符合他拘謹的個性，不過我認為他在行醫方面的做法一點也不古板。

「要是我記得住窗戶有沒有開就好了，」他坦白說，「不過『回憶』這種東西很危險，一個人很容易就會確定一件事情，而這件事情卻從來也沒發生過。這就牽涉到心理學了，對吧，白羅先生？告訴你，你的辦案手法我都研究過了，自己也算是對你非常景仰。我猜，根本就是中國佬把鴉片粉攙進咖哩裡面，只可惜他抵死不認，我們也永遠不會知道原因。只是把一個人壓進火堆裡，不太像是那個中國人的作風，我是這樣認為。」

我和白羅後來走在漢福德的大街上，向白羅提到昆亭醫生剛才說的最後這一點。

「你覺得他有對我們推心置腹嗎？」我問，「對了，我們應該委任傑派，讓他來注意一下這個人？」（傑派已經回去處理公務了。）「四大天王的幾個使者，身手還真矯健。」

「這兩個人，傑派都在注意，」白羅陰沉沉地說，「從屍體被人發現開始，他們就涉有重嫌。」

「好吧，至少我們知道傑若德．培因特沒有涉案。」

「海斯汀，你老是知道的比我還多，我追你追得愈來愈辛苦了。」

「你這隻老狐狸，」我大笑。「你從不說實話。」

「海斯汀，老實說，這個案子對我來講相當明顯——除了黃色茉莉這字眼，都相當明朗。你說黃色茉莉與案情無關，我也開始同意你的看法。類似這樣的案子，一定要找出是誰在說謊。我已經找到了，不過——」

他突然從我身旁衝向前面一家書店，幾分鐘後抱著一個包裹走出來。稍後傑派回來了，我們就一起去投宿旅館。

隔天早上我睡到很晚才起床，下樓到我們預租的客廳時，白羅已經在那裡來回踱步，臉孔因憤怒而扭曲。

「別跟我講話，」他激動地搖搖手大聲說，「等到一切沒事再說，等到將犯人逮捕歸案再說。啊！只可惜我對心理學不在行。海斯汀，如果有人臨死前寫下遺言，一定是有很重要的事才會這麼做。大家都說：『黃色茉莉？房子四周到處都長滿了黃色茉莉，一點意義也沒有。』到底黃色茉莉意味著什麼？其實就是字面上的意義。」他舉起手裡拿著的一本小小的書。「朋友啊，我突然想到，要研究這門學問，對案情才能有所突破。到底什麼是黃色茉莉？我從這本袖珍書裡看到了究竟。你聽著。」

他唸出來。

「常綠鉤吻根。黃色茉莉。成分：生物鹼常綠鉤吻 $C_{22}H_{26}N_2O_3$，一種類似毒人參生物鹼的劇毒常綠鉤吻根 $C_{12}H_{14}NO_2$，藥效類似番木鱉鹼、黃色茉莉酸等等。胡蔓草為一強烈鎮定劑，能抑制中樞神經系統。藥效發作的後期造成運動神經末端麻痺，劑量過多時會引起暈眩，導致肌肉無力，呼吸中心癱瘓後能致人於死。

「聽到了吧，海斯汀？一開始傑派不是說，一個人不可能活生生讓人壓進火堆裡，那時候我就靈機一動。我理解到，被燒焦的人其實早已身亡。」

「怎麼說？那樣做，理由何在？」

「朋友啊，如果人死後受到槍擊、刀傷或是頭上遭到重擊，它們所造成的傷痕和生前的傷會有明顯的差異。不過既然他的頭都已燒成灰燼，就沒人會去追查不明的死因。還有，一個人如果晚餐遭人下毒卻逃過一劫，不太可能隨後又被下毒。現在的問題在於，誰在說謊？我覺得阿令的說詞可信……」

「什麼！」我驚呼。

「海斯汀，你很驚訝嗎？阿令知道四大天王的存在，這一點很明顯，明顯到一直到我問起的時候，他才恍然大悟。他本來還以為四大天王與命案無關。如果他就是殺人凶手，他會一直維持木然的表情。所以我還是決定相信阿令，將箭頭指向傑若德·培因特。就我看來，四號若假冒一個失散已久的侄子，根本不費吹灰之力。」

「什麼！」我大叫。「四號？」

「不對，海斯汀，不是四號。我一研讀完黃色茉莉的相關資料後，馬上就知道事情的真相。事實上，是真相自己跳到我眼前來。」

「我呢，」我冷冷地說，「還是老樣子，真相從不自己跳到我眼前。」

「因為你不肯動用你的灰色腦細胞。誰有機會可以對咖哩動手腳？」

「阿令。除了他沒有其他人。」

「沒有其他人嗎？醫生呢？」

「他只能夠事後動手腳。」

「當然是事後動手腳啊！傭人端給培因特先生的咖哩裡面，一點鴉片粉也沒有，不過因為昆亭醫生先前懷疑有人下毒，他聽了進去，一口也沒吃，依計畫召來醫生，原原本本將咖哩留給醫生來檢查。昆亭醫生抵達之後，接過了咖哩，為培因特先生注射了一針。醫生說是番木鱉鹼，其實是黃色茉莉，劑量大到足以致命。藥效逐漸發作時，醫生打開窗閂，然後告辭。當天晚上，他從窗戶爬進來，找到手稿，一把將培因特先生推進火爐裡。他沒有注意到掉在地板上的報紙，因為被屍體壓住了。培因特知道他注射的藥物是什麼，拚了老命也要將這樁謀殺案的矛頭指向四大天王。昆亭在將咖哩送交檢驗之前，先將鴉片混入，這個步驟很簡單。他自己編造了和老人之間的對話，並且還隨意提到了番木鱉鹼，以防有人注意到針孔。如此一來，大家不是認為純屬意外，就是懷疑阿令涉案，因為咖哩被人下毒。」

「不過，昆亭醫生不可能是四號吧？」

「我覺得有可能。毫無疑問的，真正的昆亭醫生另有他人，而這正牌的昆亭可能人在國外。四號只是冒充他一小段時間而已。他和博利索醫生之間的聯繫都是靠書信往來，本來要代理的醫生在最後關頭自己生了病。」

就在這個時候，傑派突然快步走進來，臉色極為紅潤。

「你找到他了嗎？」白羅焦急地大聲問道。

傑派搖搖頭，一時喘不過氣來。

「博利索今天早上才回來，因為他接到電報通知。沒人知道是誰發的電報。另外那個醫生昨天晚上就離開了。不過，我們還是會將他繩之以法。」

白羅靜靜搖搖頭。

「我想很難了。」他說。

他漫不經心用叉子在桌上畫了一個大大的「4」。

11 西洋棋的學問

白羅和我通常都在蘇活區的一家小餐廳吃飯。有天晚上我們光臨那家餐廳，結果發現一個朋友正巧坐在旁邊的桌子。他就是傑派探長。我們的桌子還有空位，他就過來和我們一起坐。我們兩人已經有一段時間沒看到他了。

「你最近都沒有順道過來看看我們，」白羅語帶責怪地說，「自從黃色茉莉事件之後，就沒見過你了，好歹也差不多一個多月了。」

「原因就是我一直待在北部。你最近怎樣啊？還拚命想找到四大天王嗎？」

白羅對著他搖搖手指，表示責難的意味。

「啊！你是在嘲笑我吧？只可惜，四大天王真有其人其事。」

「噢！我並不是懷疑他們的存在，只不過，你知道，他們並不是宇宙的軸心。」

「朋友啊，你真是錯得離譜。當今全世界最邪惡的勢力，非四大天王莫屬。他們的目的是什麼，沒人知道，不過這樣的犯罪組織絕對史無前例。整個組織由全中國最精明的頭腦來主導，再加上美國百萬富翁以及法國女科學家，還有第四個——」

傑派插嘴進來。

「我知道，我知道。你又在癡人說夢了。白羅先生，你是疑心生暗鬼。我們談點別的好不好？對西洋棋有沒有興趣啊？」

「玩是玩過。」

「你昨天讀了那件怪事沒有？兩位全球知名的棋手，其中一人竟然在比賽途中暴斃。」

「我聽說了。一個是俄羅斯冠軍沙瓦隆諾夫博士，另一個是美國的青年才俊吉爾摩·威爾森。他死於心臟衰竭。」

「沒錯。沙瓦隆諾夫幾年前擊敗魯賓斯坦，成為俄羅斯棋王。人稱威爾森為卡帕布蘭卡二世。」

「實在是件怪事，」白羅沉思。「如果我沒猜錯，你對這個案子很有興趣，對吧？」

傑派笑了出來，笑得很尷尬。

「白羅，又給你說中了。我搞不懂，威爾森健壯如牛，根本看不出任何心臟病的徵兆。他的死令人費思量。」

「你是懷疑沙瓦隆諾夫博士幹掉了他？」我大聲說。

「不是，」傑派一本正經地說，「就算是俄國人，我也不認為他們會為了贏棋而殺害對手。別的不說，就我所理解，正好相反的是，沙瓦隆諾夫是個很厲害的角色，據說是僅次於拉斯可的高手。」

白羅若有所思地點頭。

「照你這麼說，你究竟有何高見？」他問，「為什麼有人要下毒殺害威爾森？你懷疑他是被毒死的，我是這麼猜想。」

「當然囉。心臟衰竭就表示心臟停止跳動，沒有其他意義。醫生目前發表的正式報告也只是如此而已，不過私底下他對我們眨眨眼，暗示他並不滿意這樣的檢驗結果。」

「正式驗屍要等到什麼時候？」

「今天晚上。威爾森的猝死令人措手不及，他看起來並沒有任何異樣，倒下的時候還正好在下一步棋，結果突然一頭栽向前去，從此不起。」

「下毒很少會出現這樣的反應。」白羅反駁。

「我知道。驗屍報告一出來，應該會給我們新的線索。不過，為什麼有人要幹掉威爾森？這才是我納悶的地方。這個年輕人既謙遜，又沒有招惹別人。他才剛從美國來這裡沒多久，顯然在這個世界上連一個敵人都沒有。」

「看起來很玄。」我沉思著。

「一點也不，」白羅微笑說，「傑派有他自己一套理論，我看得出來。」

「我的確是有，白羅先生。我才不相信毒藥是下給威爾森的；毒藥其實是要給別人。」

「沙瓦隆諾夫嗎？」

「沒錯。俄國革命一爆發，沙瓦隆諾夫就和布爾什維克黨的人對上了，甚至還一度傳出他身亡的消息。其實他是死裡逃生，在西伯利亞的荒野躲了三年，備極艱辛。因為受盡折磨，現在的他變了一個人似的。他的朋友和認識他的人都說，差一點就認不出他了。他現在一頭白髮，整個人像是年紀一大把。他行動不便，很少出門，和外甥女桑尼雅．岱維洛夫住在西敏寺街上的一個公寓裡，雇用了一個俄羅斯籍的男僕。很可能到現在他都認為自己有遭到暗算的危險。這場棋賽他本來是很不願意參加的。他有好幾次二話不說就回絕，結果後來報紙大做文章，報導他『拒絕到運動員精神盡失』，他才勉強答應。威爾森一直用美國佬特有的牛脾氣不斷向他挑戰，最後才順遂了心願。白羅先生，我請教你，他心不甘情不願的原因何在？因為他不想吸引他人的注意。他不想讓任何人找到他。這就是我的答案：威爾森是被誤殺而死的。」

「沙瓦隆諾夫死後，有沒有人可以因此獲益？」

「有的話，也大概是他的外甥女吧。他最近才從戈斯波雅夫人那裡得到一大筆財產。戈斯波雅的丈夫在沙皇時代從事砂糖生意，賺了不少錢。我相信他們兩人一定有過一段情。以前聽到他死亡的消息時，她一直不願相信。」

「比賽是在什麼地方舉行的？」

「在沙瓦隆諾夫自己的公寓裡。因為我剛才也說了，他行動不便。」

「有沒有很多人觀賞？」

「至少有十幾個，可能更多也說不定。」

白羅做出一個耐人尋味的鬼臉。

「可憐的傑派，你這項任務可不簡單啊。」

「只要威爾森身上的毒藥分析出來，我就能追查下去。」

「你有沒有想過，倘若正如你的假設一樣，沙瓦隆諾夫才是凶手原先的目標，那凶手可不可能再試一次？」

「當然有可能。有兩個人在監視沙瓦隆諾夫的公寓。」

「那只有腋下夾著炸彈來敲門才能成功了。」白羅一本正經地說。

「白羅先生啊，你對本案愈來愈有興趣了，」傑派說著眼睛閃了一下。「要不要趁醫生驗屍前，到停屍間看看威爾森的遺體？說不定他的領帶夾歪了，會提供給你很有價值的線索，幫你解開謎團。」

「親愛的傑派啊，這頓晚餐吃到現在，我的手指一直很癢，很想幫你調整一下領帶夾。可以吧？啊！這才像話嘛。沒錯，我們當然得去停屍間一趟。」

看得出來，白羅的注意力完全專注在這個新的問題上。長時間以來，他對其他案子都興趣缺缺，現在終於重新顯現出興趣，我相當高興看到他回復了老樣子。

這位死於非命的美國青年死因離奇，現在身體一動也不動，臉孔扭曲變形，低頭看著他的時候，我替他感到深深的惋惜。白羅專心檢視屍體。屍體外觀完全沒有傷痕，只有左手上有一小道疤痕。

「醫生說是燒傷，不是刀傷。」傑派解釋。

白羅的注意力轉移到屍體的口袋，一個警官掏光口袋讓我們看看裡面有什麼。裡面的東西不多，只有一條手帕、幾把鑰匙、一個裝滿紙張的紙夾、還有幾封無關緊要的信件。然而，有一件立在一旁的物品，卻讓白羅興致盎然。

「一枚西洋棋子！」他驚呼。「一個白色的主教。是從他口袋裡拿出來的嗎？」

「不是，他緊握在手裡，我們費了好大一番工夫才扳開手指把它拿出來。應該找時間送還給沙瓦隆諾夫博士才對。他有一整套象牙雕刻成的棋子，非常漂亮，這顆是其中之一。」

「我來歸還給他，這樣我才有登門造訪的藉口。」

「啊哈！」傑派大叫出來。「這麼說來，你也想參一腳？」

「沒錯，我承認。你撩起了我的興趣，手法還真靈巧。」

「那太好了，可以讓你暫時離開那灘死水。我看得出來，海斯汀上尉也很高興。」

「給你說對了。」我笑著說。

白羅轉身面向屍體。

「對於他，你還有沒有其他資料可以讓我知道？」他問。

「沒有了。」

「他是左撇子的事，你不準備告訴我嗎？」

「白羅先生，你真神啊。你怎麼知道的？他的確是左撇子。不過那和案情無關啊。」

「是和案情一點關係都沒有。」白羅急忙同意，因為他看出傑派有點惱怒。「只是開點小玩笑而已，別在意。你也知道，我就喜歡尋你開心。」

我們離開的時候氣氛融洽，沒有心結。

隔天早上，我們前往沙瓦隆諾夫博士位於西敏寺的公寓。

「桑尼雅．岱維洛夫，」我邊沉思邊說，「名字真美。」

白羅停了下來，用絕望的眼神看著我。

「老是一腦子綺思！你真是無可救藥了。要是發現桑尼雅就是和我們亦敵亦友的伯爵夫人薇拉．羅薩柯夫，就算是你活該倒楣。」

他一提到伯爵夫人，我的臉色就陰沉起來。

「白羅啊，你該不會是懷疑——」

「不，不，我只是說笑！我對四大天王的事還沒沉迷到那種地步，別聽傑派的話。」

一名男僕為我們開了公寓的門。他的臉色木然，那張毫無表情的臉孔曾否顯現出一絲情感，令我深表懷疑。

傑派用一張卡片寫上幾個自我介紹的字句，由白羅遞給對方，隨後我們由男僕帶頭進入一個天花板很低的長房間，裡面懸掛了昂貴的畫作和珍品，牆壁上掛了一兩個氣派的聖像，地板上鋪著精美的波斯地毯，桌子上放著一個俄羅斯茶壺。

我仔細察看其中一個聖像，根據我的判斷，它的價值相當可觀。而我一轉身就看到白羅趴在地板上。地毯是很漂亮，不過，真的漂亮到非要這麼貼鼻看嗎？我看不出必要性何在。

「手工真的是很精巧，對吧？」我問。

「呃？噢，地毯嗎？不是，我看的不是地毯。不過話說回來，它真的是很漂亮，可惜中間被人淘氣地釘下一枚很大的圖釘，」我湊過去看。「沒有了，海斯汀，圖釘已經不見了，只剩下一個洞。」

我們身後突然傳出一陣聲響，我趕快轉身，白羅也身手矯健地跳起來站好。有個女孩站在門口。她的眼睛直盯著我們，深邃的眼珠蘊藏著疑心。她的身高中等，臉蛋美麗動人卻鬱鬱寡歡，眼珠是深藍色，黝黑的頭髮剪得很短。她開口的時候，聲音既豐厚又宏亮，完全不像英國人。

「恐怕我舅舅沒辦法見你們。他行動很不便。」

「真可惜啊，不過還是要請你好心幫我一個忙。你是岱維洛夫小姐，對吧？」

「是的，我是桑尼雅．岱維洛夫。你想知道什麼？」

「前天晚上發生了一件慘案，吉爾摩．威爾森先生不幸喪生，我是想詢問相關事宜。你知道些什麼，能不能告訴我？」

女孩的眼睛睜得很大。

「他的死因是心臟衰竭，當時他正在下棋。」

「小姐，警方不太確定是心臟衰竭。」

女孩擺出了一個充滿恐懼的姿勢。

「這麼說真有其事？」她大叫。「讓伊凡說中了。」

「伊凡是誰？你為什麼說他說中了？」

「幫你們開門的就是伊凡。他老早就說過，他認為吉爾摩・威爾森並不是病發身亡，而是被下毒的時候下錯目標。」

「下錯目標。」

「對，毒藥原本是要用來毒死我舅舅的。」

她起初對我們不太信任，但現在已經忘得差不多了，講話也積極起來。

「你憑什麼這麼說，小姐？是誰想毒死沙瓦隆諾夫博士？」

她搖搖頭。

「不知道，我一點頭緒也沒有。舅舅對我不信任。這可能也很自然吧。原因是這樣的，他對我幾乎一無所知。小時候他見過我，之後直到我搬來倫敦和他同住才又見面。我知道的事情不多，不過很確定的是，他很害怕某件事物。俄羅斯有很多地下組織，有一天我無意間聽到一段對話，讓我認為他就是害怕這麼一個地下組織。先生，請告訴我……」她向前走一步，聲音放低，「你有沒有聽過一個叫『四大天王』的組織？」

白羅差點靈魂出竅。他因為過於訝異，眼睛脹得鼓鼓的。

「小姐，你怎麼會知道……你對四大天王知道些什麼？」

「這麼說來，果然是有這麼一個組織！我無意間聽到有人提起，後來問我舅舅。我從沒看過有人害怕成那副德性。他變得面無血色，不住顫抖。他很害怕他們，害怕得要死，這一點我很確定。還有，是他們誤殺了那個美國人威爾森。」

「四大天王，」白羅喃喃說道，「到處都是四大天王！這個巧合真是令人感到訝異。小姐，你的舅舅還是有危險，我一定要解救他。現在請你一五一十描述，命案當天晚上發生的詳細經過。讓我看看棋盤、桌子、兩人的坐法，原原本本告訴我。」

她走到房間一旁，搬出一張小桌子。桌子的桌面製作得非常精美，鑲嵌著銀色和黑色的方塊，形成一個棋盤。

「幾星期前，有人送我舅舅這個棋盤當作禮物，要求他下一次進行棋賽時，一定要用這張桌子來下棋。當時就放在房間的正中央……就是這個樣子。」

白羅仔細察看桌子，巨細靡遺，在我看來則是沒有必要。他問話的方式和我的作風不一樣，很多問題我都認為毫無重點，真正關鍵的問題他反而都不問。我的結論是，她出其不意提到四大天王，害他完全昏了頭。

桌子經過白羅一番視察後，他再確定桌子放置的確切位置，然後要求看看棋子。桑尼雅取出放著棋子的盒子。他敷衍了事地隨便看了一兩個棋子。

「這套棋子真是精緻。」他漫不經心地喃喃自語。點心是什麼？當時有誰在場？他還是沒有問到。

我故意清清喉嚨。

「白羅，你難道不認為——」

他驟然打斷我的話。

「別再說什麼認為不認為了，老弟，讓我來處理就好。小姐，真的不可能讓我見見你舅舅嗎？」

她的臉上浮現一抹淡淡笑意。

「他會見你的。你也了解，我的工作就是先過濾所有的陌生人。」

她說完就離開了。我聽到隔壁房間傳來低低的說話聲，一分鐘後她回來，示意我們進入隔壁房間。

沙發上躺著一個堂堂的軀體，他身形高大、瘦削，眉毛大而濃密，留著白色落腮鬍，因受盡環境折磨而臉色憔悴。沙瓦隆諾夫是位很有個人本色的人物。我注意到他頭部有奇特的特徵，比常人要高出許多。我知道，傑出的棋手必然也有不同凡響的頭腦。我一下就理解為何沙瓦隆諾夫博士是全球排名第二的西洋棋手。

白羅向他鞠躬。

「博士，能不能容我和您單獨談話？」

沙瓦隆諾夫轉向他的外甥女。

「桑尼雅，你退下。」

她遵照指示離去。

「好了，先生，有何貴幹？」

「沙瓦隆諾夫博士，您最近獲得一筆數目龐大的財產，如果您……突然身亡，財產由誰繼承？」

「我已經立了遺囑，死後的所有財產全部歸我的外甥女桑尼雅．岱維洛夫。你該不會是在暗示——」

「我沒有在暗示什麼。只不過，你的外甥女長大以後，你從來沒見過她，如果任何人想冒充都輕而易舉。」

我這麼一說，令沙瓦隆諾夫恍若遭受雷擊。白羅神態自如，繼續問下去。

「冒充的事，我就只能說到這裡，只是為了讓你有所警醒。現在我希望你描述一下，當天晚上下棋的過程。」

「什麼意思，描述下棋的過程？」

「是這樣的，我本身不會下棋，但我知道，一開始下棋的時候，有幾種常用的方式，那是不是叫作開棋？」

沙瓦隆諾夫微微一笑。

「啊！我知道了。威爾森下了盧伊羅培茲，這招極為高明，在巡迴賽和棋賽時常用。」

「命案發生時，你們已經下多久了？」

「一定是在他下第三步或第四步的時候。威爾森突然向前栽在桌子上，一動也不動，氣絕身亡。」

白羅起身告辭。突然脫口而出最後一個問題，彷彿一點重要性也沒有，但我知道他葫蘆裡賣什麼膏藥。

「他有沒有吃什麼喝什麼？」

「大概是一杯威士忌加汽水吧。」

「謝謝您了，沙瓦隆諾夫博士。我就不再打攪了。」

伊凡在大廳裡送客，白羅則在門檻處慢下腳步。

「下面的公寓住了什麼人，你知道嗎？」

「查爾斯．金威，他是國會議員。不過最近在重新裝潢。」

「謝謝你。」

我們步出大門，走進亮眼的冬陽裡。

「好了，說真的，白羅，」我忍不住脫口而出。「我覺得你這次表現得很不理想，問的問題都不是很妥當。」

「是這樣嗎，海斯汀？」白羅用詢問的語氣問我。「我是表現得很不理想沒錯。換成是你，你會怎麼問？」

我仔細玩味他的問題，然後對白羅描述我提問的大綱。他似乎興味盎然地聽著。我就這樣自顧自的一直講，直到我們快到家，白羅才開口。

「非常優秀，非常有見地，海斯汀，」白羅邊說邊將鑰匙插入門裡。我跟在他後面上樓。「可惜，全無必要。」

「全無必要！」我吃驚地大叫。「如果他是被毒死的話——」

「啊哈！」白羅大叫，用力拍著桌上一張紙。「傑派留下的，和我料想的一樣。」

他猛力將紙遞給我。上面寫的東西簡潔有力，內容表示沒有毒藥反應，也無法查出威爾森的真正死因。

「你看吧，」白羅說，「我們差點就白問了問題。」

「你早就猜到了？」

「『預測出牌的可能結果。』」白羅引用了橋牌術語。我最近花很多時間想解決一個橋牌上的問題，白羅就是引用其中一句話。「老弟啊，如果成功料中，就不叫『猜』到了。」

「別耍嘴皮子了，」我很不耐煩。「你早就預料到了嗎？」

「沒錯。」

「為什麼？」

白羅把手放進口袋，取出一顆白色主教。

「糟糕，」我大叫。「你忘了還給沙瓦隆諾夫博士。」

「老弟，你錯了。那一顆還在我左邊的口袋裡。岱維洛夫小姐大方地讓我檢視棋盒，這一顆是我從裡面拿出來的。一顆主教加一顆主教等於兩顆主教……」

他尾音拖得很長，我則是整個人都糊塗了。

「可是，你為什麼要再拿一顆？」

「我想看看兩顆是不是一模一樣。」

白羅偏著頭看著兩顆棋子。

「我承認，看起來是一樣，不過在未經證明之前，所有線索都不能認為是理所當然。麻煩你去把我的小秤盤拿過來。」

他小心翼翼秤了兩顆棋子，然後滿臉蕩漾著勝利的神采，轉身面對我。

「我說對了，你看看，我沒說錯。想騙過赫丘勒・白羅，門都沒有！」

他衝過去打電話，非常焦躁地等待對方接聽。

「傑派嗎？啊！傑派，是你。我是赫丘勒・白羅。把那個男僕人伊凡看緊一點，千萬別讓他從你手中溜走。對，對，我就是那個意思。」

他快速放下話筒，轉身面對我。

「海斯汀，你懂了沒有？我來解釋。威爾森並沒有中毒，他是被電死的。有人選了一顆棋子，在中間放了一根細細的金屬針；桌子是事先準備好的，放在地板上的某一點。當時主教被下在銀色的方塊中，電流於是通過威爾森的身體，立刻將他電死。唯一的傷痕是他手上的電燙痕跡，在他的左手上，因為他是左撇子。那張特製的桌子是個極為狡詐的機關。我檢視的那張是個複製品，一點嫌疑也沒有，在命案之後立刻被掉包。電流是從樓下的公寓傳上去的。你記得吧，樓下正在重新裝潢。不過，至少有個共犯當時是在沙瓦隆諾夫的公寓裡。那個女孩一定是四大天王的手下，準備繼承沙瓦隆諾夫的遺產。」

「伊凡呢？」

「我強烈懷疑，伊凡正是大名鼎鼎的四號。」

「什麼？」

「沒錯。四號是個出神入化的演員，他可以隨自己高興冒充任何人。」

我回想到過去發生的種種冒險事跡，那個療養院的管守員，那個屠宰場的年輕人，那個能言善道的醫生，全都是同樣一個人，全都沒有共通點。

「真是不可思議，」我最後才說。「所有線索總算都有合理的解釋了。沙瓦隆諾夫對這個計策有預感，所以才一直不肯答應接受挑戰。」

白羅看著我，一言不發。接著他突然轉身，開始來回踱步。

「老弟，你手邊有沒有一本西洋棋的書？」他突然問。

「應該有，我找找看。」

我花了一段時間才找出來，拿給白羅。他一屁股坐在椅子上，開始集中所有精神閱讀。

大約二十五分鐘後，電話鈴聲響起。我過去接，是傑派打來的。伊凡已經離開公寓，帶走了一大捆東西。他跳進一輛等在外面的計程車，隨後展開一場飛車追逐賽。他顯然是想擺脫他人的跟蹤。最後他似乎認為已經擺脫了對方，開進漢普斯德一間很大的空房子。隨後房子四周便被大批人馬包圍起來。

我把以上的經過轉述給白羅聽，他只是看著我，似乎幾乎沒把我的話聽進去。他把西洋棋的書推到我面前。

「你看看這個，老弟。所謂的盧伊羅培茲開棋就是這樣。第一步，P-K4．；第二步，Kt-KB3，K-QB3；第三步，B-Kt5。然後就要看黑色的第三步怎麼走。他有好幾種防衛方法。吉爾摩·威爾森就是死在白色第三步，B-Kt5。只下到第三步哪。你還沒有搞清楚嗎？」

我一點都不知道他的意思是什麼，也坦白說了。

「海斯汀，假設你坐在這張椅子上，你聽到前門打開然後又關上，你會怎麼想？」

「我會認為有人走出去了。」

「沒錯。但一件事都有兩種看待的方法。有人走出去，有人走進來，這是兩種全然不同的看法，海斯汀。不過如果你弄錯了，就會出現一些矛盾的地方，讓你知道走錯了路。」

「你的意思是——」

白羅突然精神百倍，跳了起來。

「我的意思是，我一直都是傻瓜加三倍。趕快，趕快，我們得趕去西敏寺的那間公寓，或許還來得及。」

我們招來計程車飛奔而去。我情緒激動地問了幾個問題，白羅都沒回答。我們箭步上樓，隨即按了幾下門鈴、敲了幾次門都沒人回應，不過仔細一聽，可以聽見裡面傳出一陣微弱的呻吟聲。

我們去找大廳的門房，他果然有備用鑰匙。原先他面有難色，後來才答應幫我們開門。開門後，白羅直接走進裡面的房間。一陣哥羅芳的味道撲鼻而來，地板上躺著桑尼雅．岱維洛夫，她被綁了起來，嘴裡也塞了東西，口鼻上覆蓋一大片浸滿液體的棉花毛布。白羅掀開毛布，開始對她進行人工呼吸。醫生隨後趕到，白羅讓他處理，閃到一旁和我站在一起。沙瓦隆諾夫博士已不見人影。

「這一切究竟意味著什麼？」我心中充滿疑惑。

「意味著兩種平行的推論中，我選了錯誤的一個。你不是聽見我說過，任何人要假冒桑尼雅．岱維洛夫都很簡單嗎？因為她的舅舅已經多年沒見過她。」

「是啊！」

「結果呢，相反的假設才是對的。任何人要冒充她舅舅，也同樣簡單。」

「什麼？」

「革命一爆發，沙瓦隆諾夫的確已經死去。那個冒牌貨聲稱死裡逃生，吃盡千辛萬苦，說什麼外表改變得『連自己的朋友都認不太出來』，還獲得一筆巨額遺產……」

「對。他是誰？」

「四號。桑尼雅向他表示，她曾經不經意聽見他和別人交談時提到四大天王，難怪他一聽到就露出畏懼的神情。他又再度從我掌心中逃脫。他猜出我最後應該料到了，所以派伊凡去引導一場飛車大追逐，迷昏桑尼雅，然後一走了之，反正事到如今，他也已經拿到大半財產了。」

「但是，但是這麼一來，是誰想殺他？」

「沒人想殺他。威爾森本來就是他要殺害的對象。」

「只是，殺他做什麼？」

「老弟，沙瓦隆諾夫是全世界排名第二的棋手，而四號大概連最基本的西洋棋都不懂，當然沒辦法撐過一場比賽。他最先是盡可能不接受挑戰。最後沒辦法，只好坐下來比賽，威爾森的生命線也因此注定畫到這裡為止。他必須不計一切代價，不能讓威爾森發現沙瓦隆諾夫竟然不會下棋。威爾森很喜歡用盧伊羅培茲的方式開棋，想必屆時也會利用這一招。四號於是便安排好在他下第三步的時候讓他蒙主寵召，以免後患無窮。」

「不過，親愛的白羅，」我不放過。「我們的對手是個瘋子嗎？我知道你的道理何在，也承認你說的一定沒錯，但為了維持自己扮演的角色就恣意殺人，這未免太過分了吧！不想讓人發現，還有更簡單的方法嘛，他大可說，因為比賽太辛苦，醫生禁止他出賽。」

白羅皺起了額頭。

「海斯汀，當然，」他說，「當然有其他方法，不過沒有一項的說服力比這大。你的假設是，殺人是萬不得已的手段，對吧？四號的想法可不是這樣。對你來說不可能，不過我可以假裝自己就是他，可以了解他的想法。他很喜歡比賽時那副專家的威嚴，我毫不懷疑他曾經參觀過西洋棋比賽來研究自己的角色。他坐下來，皺著眉頭陷入長考，讓別人認為他在心中思索高招，其實他從頭到尾都在暗笑。他曉得，他只知道兩步棋，而且他也只需要知道怎麼下兩步棋就夠了。再者，當他預見四號身分又有所發揮的時候，他會喜不自勝……噢，海斯汀，我開始了解他了，也開始了解他的心理了。」

我聳聳肩。

「好吧，你大概說對了。不過我還是無法理解，既然可以輕易避免，為何又要冒這麼大的險？」

「冒險！」白羅嗤之以鼻。「風險在哪裡？換成是傑派，他解決得了這個謎題嗎？傑派解決不了的。要是四號沒有犯下一個小小的錯誤，他根本是零風險。」

「他犯的錯誤是什麼？」

儘管我大概猜得出答案，還是問了他。

「老弟啊，他低估了赫丘勒．白羅的灰色腦細胞了。」

白羅是有幾項美德，只是絕對不包括謙虛在內。

12 請君入甕

時間是一月中旬，倫敦典型的英國冬日，又溼又髒。白羅和我坐在兩張椅子裡，靠近火爐取暖。我察覺到白羅面帶微笑看著我，好像有問題想問，然而其中的意涵我怎麼猜也猜不出來。

「告訴我，你在想什麼。」我輕輕說。

「我在想啊，老弟，你在盛夏回到這裡的時候，不是告訴我，只要待一兩個月嗎？」

「我有那樣說嗎？」我問得很彆扭。「我不記得了。」

白羅的笑容更明顯了。

「老弟，你有說過。之後，你是不是已經改變主意了？」

「呃，對，我是已經改變主意了。」

「為什麼？」

「白羅啊，少裝蒜了，你遇上四大天王這麼厲害的對手，難道真的以為我會放下你不管嗎？」

白羅微微點頭。

「正如我想的一樣。海斯汀，你是個真真正正的好朋友。你是為了幫忙我，才決定留下來。你的妻子——你都叫她灰姑娘吧——她怎麼說呢？」

「我當然沒告訴她詳細情況，不過她能諒解。她不會要我置好友的生死於不顧。」

「沒錯，沒錯，她也一樣是個真真正正的朋友。不過這件事恐怕會沒完沒了。」

我點頭，心裡相當氣餒。

「已經過了六個月了，」我沉思著。「到底事情進行到什麼地步了？白羅，你也知道，我忍不住在想，我們是不是應該採取什麼行動了。」

「海斯汀，你啊，總是靜不下來。你究竟要我做什麼？」

這個問題很難回答，然而我並不想從自己的立場上敗退下來。

「我們應該採取攻勢，」我提議。「案子進行到現在，我們做了什麼？」

「老弟，我們做的比你認為的還要多。我們不是查出了二號和三號的身分嗎？我們對四號的行事作風也知道不少。」

我的情緒開朗了一些。正如白羅所言，情況並沒有那麼糟。

「沒錯吧，海斯汀，我們其實做了很多事。我的確沒有什麼立場來指控瑞蘭德和奧莉維爾夫人，就算我出面指控他們，有誰會相信我？你記不記得，我有一次還以為已經成功將瑞蘭德困住了？儘管如此，我還是讓有些人知道我在懷疑哪些人，其中最高層的人士，就是歐丁頓動爵。那件潛艇計畫遭竊的案子，我幫了他不少忙，他對我所提出的四大天王相關消息一點也不懷疑。其他人多少會懷疑，他卻堅信不疑。瑞蘭德和奧莉維爾夫人以及李昌彥儘管去作威作福，但是他們每個人的一舉一動，現在都有探照燈如影隨形。」

「四號呢？」我問。

「就如我剛剛說過的，我才開始摸清楚他的作風。海斯汀，你儘管去笑，我只想告訴你，看透一個人的個性、清楚他在任何情況下會有什麼舉動，這些都是成功的第一步。這是我和他兩人的決戰。他不斷對我洩漏出自己的心態，而我就是不讓他對我有一絲了解。他在明處，我在暗處。海斯汀，我告訴你，由於我選擇按兵不動，他們對我的恐懼與日俱增。」

「反正他們是沒來找我們的麻煩，」我說，「他們再也不曾想要暗算你，也不做埋伏之類的舉動。」

「是沒有，沒錯，」白羅若有所思地說，「說實在，我相當訝異。如果他們要逮住我們，有一兩個很明顯的方法可以辦到，照理說他們應該也會想到才對。我想講什麼，你大概知道吧？」

「你是指布下詭雷之類的東西嗎？」我猜想。

白羅用舌頭發出清脆的聲響，表現出不耐煩的情緒。

「不對！請你運用一下想像力。除了在壁爐裡放炸彈外，你大概也想不出更厲害的招數了。好吧好吧，我火柴用完了，天氣不好，我還是要散步出去買。老弟，這麼多書，你打算同一時間看完嗎？《阿根廷的未來》、《社會縮影》、《牛隻飼養法》、《赤色線索》、《落磯山運動》，這麼多書。」

我笑了出來，承認我現在看的書只有《赤色線索》一本而已。白羅很難過地搖搖頭。

「沒有看的，就全部放回去吧！你這個人啊，從來就沒有規矩。天哪，書架是要做什麼用的？」

我低聲道歉。白羅將亂擺的書本放回書架，每本都放回固定的位置後走出門，讓我可以在不受干擾的情況下享受我選擇的書。

儘管如此，我還是要承認，大部分時間，我都陷入半睡半醒的狀態，皮爾森太太來敲門時才吵醒我。

「上尉，給你的電報。」

我意興闌珊地拆開橙色信封。之後就像一塊石頭般坐著，一動也不動。

發電報的人是布朗森，我南美洲農莊的管理人，電報內容如下：

海斯汀夫人昨天失去蹤影，恐已遭自稱四大天王的黑道綁架，已透過電報報警，目前尚無線索。布朗森。

我揮手示意皮爾森太太離去，坐在椅子上呆若木雞，一遍又一遍唸著電報的內容。灰姑娘……被綁架了！竟落在惡名昭彰的四大天王手裡！天啊，我該怎麼辦才好？

白羅！一定要找白羅幫忙，他會告訴我怎麼做，他會想辦法反將他們一軍。幾分鐘後他就會回來，我得耐心等他。可是，我的灰姑娘竟然落入了四大天王的手裡！

又有人來敲門。皮爾森太太再度探頭進來。

「上尉，給你的一封信。是個中國人送來的，他在樓下等你。」

我一把將信件抓過來。信的內容簡短，只說重點。

如果你想再見到你的妻子，立刻跟著送信的人走。不要留給你的朋友任何訊息，否則她就有得受了。

簽名是一個大大的「4」。

我應該怎麼辦才好？如果換成是你，你會怎麼辦？

我沒有時間想那麼多，只知道一件事，就是我的灰姑娘在那些惡魔的魔掌中。我不服從不行。我不敢冒險傷及她頭上的任何一根頭髮。我必須跟著這個中國人走，他走到哪裡我就跟到哪裡。這是一個陷阱沒錯，一定會讓我也陷入魔掌中，還有可能因此送掉小命，不過他們的誘餌卻是我心中最摯愛的人，我片刻都不敢遲疑。

最讓我困擾的是，不能留下隻字片語給白羅。只要他追查出我的行蹤，就有可能解決所有問題！該不該冒這個險呢？顯然沒人在場，不過我還是猶豫了一下。那個中國人也很有可能上來察看我有沒有遵守信中的規定，對吧？他沒有上樓來，更讓我感到懷疑。四大天王無所不在的能力，我已經領教過不少，深信他們的確擁有超乎常人的力量。就我所知，甚至連衣著襤褸、髒兮兮的小女傭也有可能是他們的手下。

不行，我不能冒險。但我倒是可以留下電報，如此一來，白羅就知道灰姑娘失蹤了，也知道她是被誰帶走的。

這一切思緒快速閃過我的腦海，事實上並沒有花太多時間。我立即戴上帽子，下樓去見帶路人。前後時間只有一分多鐘。

帶路的人是個高大、無表情的中國人，穿戴寒酸而整齊。他鞠躬，開口和我說話。他的英文很標準，但是講起話來像是一種唸經似的語調。

「你是海斯汀上尉？」

「是的。」我說。

「請把信件給我。」

我早知道他會要求我把信交還給他，所以不吭一聲就把信遞出。但他還不作罷。

「你今天還收過電報，對吧？剛剛才到的吧？從南美洲來的，對吧？」

我這才重新體驗到他們情報系統的嚴密，或者他們根本只是瞎猜而已。布朗森一定會打電報通知我，想也知道。他們會等到電報送達之後再予以重擊。

既然事態如此明顯，要狡辯也沒什麼好處。

「對，」我說，「我是有收到一份電報。」

「你去拿，好嗎？現在就去拿。」

我咬牙切齒。但又能拿他奈何？我再度跑上樓。在我上樓時，我想到了向皮爾森太太透露實情，至少也要讓她知道灰姑娘失蹤的事。但她站在樓梯平台上，背後緊跟著一個小女傭，所以我猶豫了一下。如果她是間諜的話……信件裡面的字句在我眼前閃過：「她就有得受了」，我一個字也沒說，直接進入客廳。

我拾起電報，正要再度出門，這時突然想起一個點子。我乾脆留下一些暗號，在敵人的眼裡毫無意義，不過白羅本人卻可以一眼看穿。我趕緊走到房間另一邊，從書架上弄掉四本書，掉在地板上。我根本不怕白羅沒有注意到。書本亂放，一定會立刻惹惱他的視覺。而且他才剛剛對我嘮叨過，一定會覺得事有蹊蹺。接下來，我鏟了一堆煤放進火爐裡，故意在爐邊掉下四顆。我能夠做的，就只有這麼多了，保佑上天讓白羅看穿這些暗號。

我趕緊再度下樓。中國人從我手上取走電報，看了一下，然後放進口袋裡，點頭示意我跟著他走。

他帶著我走的這段路，既漫長又艱辛。我們搭了一段公車，還坐了很長距離的電車，方向一直朝東。我們經過一些陌生的地區，是我以前連作夢都不曾想來的地區。現在我們到達了碼頭，我也了解到，他要帶我進入中國城的中心。

儘管我力持鎮定，但還是打了一個寒顫。帶路的人仍舊持續前進，在狹小的巷弄之間蜿蜒，最後他終於在一間破舊的屋子前停了下來，在門上敲了四下。

來應門的人也是中國人，門很快就打開，他站到一邊讓我們通過。大門在我身後鏗鏘闔上，象徵我最後的希望已然破滅。我是真正落入敵人手裡了。

現在他把我交給另一個中國人。這個人帶著我走下吱吱作響的樓梯，進入一個地窖，裡面淨是一捆又一捆、一桶又一桶的東西，散發出濃烈的味道，聞起來像是東方的香料。我覺得四周淨是東方神祕的氣氛，既陰沉詭譎又邪惡……

突然間，帶路的人推開兩個桶子，我看到牆上出現一個像是隧道的低矮開口。他示意要我走進去。隧道不算短，低得我直不起腰桿，但最後還是豁然開朗，變成了一個走道，幾分鐘後我們又來到另一間地窖。

帶路的中國人往前走，在一堵牆上敲了四下，然後整堵牆壁轟然開啟，出現了一個狹窄的通道。我走進去，大吃一驚，發現這裡根本就像一千零一夜裡的阿拉伯宮殿一樣。一個低長的地下室裡掛了富麗堂皇的東方絲織品，光線充足，瀰漫著香水和香料的味道。裡面也有五、六張覆蓋著絲綢的長沙發，地面上鋪著精巧的中國手工地毯。在房間的尾端有一個垂簾隔間，裡面傳出一道聲音。

「我們的貴客帶來了嗎？」

「閣下，帶到了。」帶路的人說。

「讓他進來。」裡面回應。

此時，一隻看不見的手拉開了簾幕，我的眼前是一個巨大的沙發長椅，上面坐了一個高瘦的東方人，身穿織工精巧的長袍，而且從他指甲的長度可以看出，他這個人來頭不小。

「請坐，海斯汀上尉，」他邊說邊揮舞著手。「很高興你接受了我的請求，立刻就過來見我。」

「你是誰？」我問，「是李昌彥嗎？」

「不是，我只不過是李大師最謙卑的僕人。他一有指示，我就遵命照辦，就和他在其他國家的僕人一樣。例如說，在南美洲也一樣。」

我向前走一步。

「她人在哪裡？你們究竟對她做了什麼？」

「她的人很安全，在一個沒人找得到的地方，目前為止毫髮未傷。你聽到我說的了，目前為止！」

我在和這個微笑的惡魔對峙時，感到一陣寒意順著脊椎往下竄。

「你們想要什麼？」我大叫，「要錢嗎？」

「親愛的海斯汀上尉，我可以向你保證，你那一點積蓄，我們還沒興趣動用。你提到這一點，實在不是很聰明。你的同伴大概不會趕來吧。」

「我在想，」我沉重地說，「你們是要我來幫你們做事。好吧，你們成功了。我睜著眼睛來到這裡，要割要宰任君高興，條件是放她一條生路。她什麼都不知道，對你們也不可能有什麼幫助。你們只是利用她來抓住我，現在既然我已經在你們手上了，我們就來做個了結。」

微笑的東方人摸摸平滑的臉頰，用細細的眼睛斜眼打量我。

「你別急，」他用低顫聲說，「我們還沒了結。事實上，套句你剛剛說的，抓住你其實並非我們真正的目的。我們是想透過你，把你的朋友赫丘勒．白羅手到擒來。」

「恐怕你們辦不到了。」我短短笑了一聲說。

「我的提議是，」他繼續說，彷彿沒聽見我講的話。「你來寫信給赫丘勒．白羅先生，讓他盡快來見你。」

「我絕對不會這麼做。」我很生氣地說。

「拒絕的下場將會很痛苦。」

「去你的下場。」

「不聽話的話，可能是死路一條。」

我大大打了一個寒顫，不過還是努力佯裝若無其事。

「威脅恐嚇，對我一概沒用。省省你那些威脅的話吧，說給中國的懦夫聽可能還比較有用。」

「我的威脅是說到做到的，海斯汀上尉。我再問你一次，願不願意寫信？」

「不願意。告訴你吧，諒你也不敢殺我，因為警方隨時都會跟到這裡。」

詢問我的人很快拍了一下手，兩個中國隨從不知從哪裡跑出來，把我的雙手束縛起來。他們的主子用中文很快說了一些話，然後就將我拖到大房間裡的一個角落。其中一人彎腰，突然間，地板一聲不響就打開來，要不是另一個人緊抓住我，我早就直直摔進腳底下的大洞。洞穴裡面漆黑一片，可以聽見水流的聲音。

「河流，」對我問話的人從長沙發椅上說，「你好好考慮一下，海斯汀上尉。如果你再拒絕，就直接去向撒旦報到，他就在底下黑暗的深淵等你。我再問最後一次，願不願意寫信？」

和多數人比較起來，我並不特別勇敢。我承認我嚇得半死，臉色鐵青。我很確定，那個中國惡魔說話算話，如果不從，一定就要告別這美麗的世界了。儘管我拚命鎮定，回話的時候聲音還是有點不穩。

「最後的回答是，不要！去你的信！」

然後我不自覺地閉上雙眼，短短祈禱，吸了一口氣。

13 老鼠中計

一個人一輩子站在臨死關頭的機會並不多，然而當我站在東區那個地窖前說出那些話的時候，我完全相信我等同於宣告了遺言。我準備好要跳進底下黝黑洶湧的水流裡，還沒跳下去就先體驗了落下前令人窒息的恐懼。

不過令我驚訝的是，我聽到一陣低沉的笑聲。我睜開雙眼。架住我的兩個人遵循沙發上那位男子的指示，把我帶回剛才的位子，和他面對面。

「你很勇敢，海斯汀上尉，」他說，「我們東方人欣賞有勇氣的人。可以說，我早就預料到你的反應會如此。接下來，我們要進入第二關。你剛才面臨危險可以臨死不屈，如果換成是別人生命有危險，情況又如何？」

「你的意思是什麼？」

我聲音沙啞，一陣駭人的恐懼逐漸占據全身。

「你該不會忘記了我們手上那位女士吧？她可是花園裡的玫瑰喲。」

我一肚子火，悶不吭聲，只是盯著他看。

「海斯汀上尉，我認為，那封信你還是會寫。你看看，我手上有張電報的表格，上面要寫的內容全看你。這可攸關你太太的生死呢。」

我的眉毛上冒出汗珠。他繼續折磨我，很和善地微笑，用全然冷靜的語調說：「上尉，筆在你手裡，你只要動動筆就沒事，否則──」

「否則怎樣？」我回應。

「否則的話，你心愛的女士就會死……慢慢地死去。我們老大哥李昌彥，最喜歡在空閒的時候，發明一些有創意的酷刑來折磨──」

「天啊！」我大叫出來。「你這個魔鬼！不行，你不可以……」

「要不要我說來聽聽他有哪些酷刑啊？」

他不顧我抗議的吼叫聲，繼續娓娓道來，語氣和緩，態度安詳，我最後大叫一聲，用雙手摀住耳朵。

「我看應該是夠了吧。拿起筆來寫信吧。」

「我料你不敢……」

「你再說什麼都是白費力氣，你自己很清楚。拿起筆來寫信。」

「如果我寫的話又怎樣？」

「我們會放走你的妻子。電報會立刻發出去。」

「我怎麼信得過你？」

「我對著祖宗八代的墳墓向你發誓。更何況，你自己想想，我有什麼理由要加害於她？抓住她只是為了達到目的。」

「那麼……白羅呢？」

「我們會好好看緊他，等到行動大功告成，就放他走。」

「這一點，你也會對著你祖宗八代的墳墓發誓嗎？」

「我跟你保證過，那一次就夠了。」

我的心往下沉。我根本就是在背叛朋友，為的是什麼？我遲疑了一陣子，如果不從，可怕的後果就像噩夢般從我眼前閃過；灰姑娘，就在這些中國惡魔的手裡，慢慢地被折騰而死……

我的嘴唇裡吐出呻吟聲，抓住筆，或許遣辭用字花點心思，可以傳遞警告的訊息，白羅也可以因此躲過這個陷阱。這是我唯一的希望所繫。

然而，即使是這個小小的願望都沒辦法實現，因為那個中國人提高音量，用溫文有禮的語調說：「請容我告訴你怎麼寫。」

他停了下來，看了一下身旁的一疊紙張，然後唸出：「親愛的白羅，我覺得你追蹤四號的方向是正確的。有個中國人今天下午過來，用一個假電報把我騙到這裡來，還好我及時看穿他的伎倆，然後順利擺脫。之後我回過頭來對付他，自己跟蹤了過來，做得還算不著痕跡，連我都覺得自己很厲害。我吩咐了一個聰明的年輕小夥子把這封信帶去給你。給他一點小費，好嗎？我答應過他，如果安全把信帶到，就會有獎賞。我現在要看守這個房子，不敢離開一步。我會等你等到六點，如果你還是沒來，我就自己試試看能不能進去房子裡。機會難得，錯過可惜。這個小子也有可能找不到你。不過如果他找到你，叫他趕快帶你來這裡。記得遮住你的寶貝鬍子，以免有人從房子裡面看到，認出就是你。AH匆匆即就。」

我每寫下一個字，心情就一次又一次陷入絕望的深淵中。這個計畫實在高明得很殘酷。我這才明白，我們生活中的一點一滴，他們都瞭若指掌。這封信就如同我親手寫的一樣。信裡面承認當天下午有中國人來過，想「把我騙來這裡」，我留下那四本書的「暗號」根本一點用也沒有。白羅會認為一開始是個陷阱沒錯，不過我還是看穿了。時間也是精心策畫的。白羅一收到這封信，時間緊迫，一定會匆忙跟著那個外表天真無邪的帶路人走。我知道他一定會跟著他走。我決定自己單獨行動，也會讓他快馬加鞭。對我的能力，他莫名其妙地就是不信任。他總認為，如果他不在場，我一定會惹上麻煩，他必然會趕到這裡來控制局面。

然而，我卻無計可施。我只能依照指示寫信。那中國人最後從我手上取走信紙，念過一遍，然後滿意地點點頭，交給一旁未曾出聲的一個僕人。這個僕人拿著信走進牆上絲織懸掛物後面。絲織品後面有一道門。

在我對面的男子對我微微一笑，拿起一份電報表格，寫了一些字，遞給我看。

上面寫著：「迅速釋放白鳥。」

我鬆了一口氣。

「你會馬上送出去嗎？」我催促他。

他微笑，然後搖搖頭。

「等赫丘勒·白羅落到我們手中時，自然就會送出去。現在不行。」

「不過你答應過——」

「如果這個計策失敗，可能還需要這隻白鳥的幫忙，說服你再進一步協助我們。」

我氣得臉色發白。「天啊！如果你……」

他搖了搖細長的黃色手臂。

「放心，我不覺得會失敗。只要白羅先生一落入我們手裡，我立刻實現承諾。」

「如果你敢唬我——」

「我都對祖墳發誓了，別擔心，在這裡休息一下吧。我不在時，傭人會好好照顧你。」

他離開後，只剩下我自己一個人待在這個豪華詭異的地窖裡。第二個中國僕人回來了，他端給我食物和飲料，不過我揮手要他端走。我很不舒服，心裡很不舒服。

突然間，他們的主子回來了，身著雍容華貴的絲質長袍，身材高大。他指揮著手下，我被帶回地窖，走進地道裡，走回之前進來的房子。他們帶我進入一個一樓的房間。房間的窗戶全都有窗簾遮住，但透過縫隙還是可以看到外面的街景。馬路的對面有個穿著破爛的老人正徐徐走過。我看到他對窗戶做出一個手勢，才了解他原來是負責看管的人之一。

「太好了，」那個中國人說，「赫丘勒．白羅落入圈套了。他正在路上，身旁只有那個帶路的男孩。現在，海斯汀上尉，你還有一個角色要扮演。除非你現身，否則他不會進門。他走到對面的時候，你必須走到台階上示意他進門。」

「什麼？」我大叫，非常反感。

「你獨自去扮演那個角色。記住，失敗的代價會有多高。如果赫丘勒．白羅察覺不對勁，沒有進到屋子裡來，你的妻子就會死於七十大酷刑！啊！他來了。」

我透過窗簾縫隙向外看，心跳加速，感覺到極度反胃。走在對街上的人影，我立刻認出來就是白羅，儘管他把外套的領子豎起來，還用一條很大的黃色圍巾來遮掩臉孔的下半部，我還是認得出。他走路的樣子，以及蛋形腦袋擺動的姿態，我絕不會弄錯。

白羅心存善意前來救我，心裡沒有一絲懷疑。他身邊是一個典型的倫敦小孩，臉孔烏黑，衣著破爛。

白羅停了下來，看著街道對面的房子，而男孩則興致高昂地向他說話，用手指著。輪到我上場了。我走進大廳。高大的中國人做了一個手勢，一個傭人將門閂打開。

「記住失敗的代價是什麼。」我的敵人低聲說。

我走到外面的台階上，向白羅示意。他很快跑過街來。

「啊哈！老弟，看起來你一切安好嘛。我才在開始為你擔心哩。你進到裡面去了？這麼說，房子裡面沒人囉？」

「對，」我壓低聲音，努力假裝自然。「一定有祕密通道吧，進來找找看吧。」

我跨進門檻，渾不知情的白羅也準備跟我進來。

然後我腦海裡閃過一絲影像，這時才看清楚自己扮演什麼角色——耶穌的叛徒猶大。

「退回去，白羅！」我大叫。「退回去，不然你會沒命。這是陷阱，別管我了，快逃。」

我還沒說完——比較合適的說法是我大聲喊出警告——馬上就有手伸出來，像鉗子般緊緊抓住我。一個中國僕人跳過我身邊，想去抓住白羅。

我看到白羅向後跳，舉起一隻手，這時我身邊突然揚起一陣濃密的煙霧，讓我喘不過氣，逐漸死去……

我感覺到自己跌倒，窒息，原來死亡就是這種感覺……

§

我慢慢甦醒過來，感覺很痛苦，所有的知覺都恍惚不清。我看到的第一個東西是白羅的臉。他坐在我對面看著我，表情焦躁。他看到我睜開眼看著他，立刻歡呼一聲。

「啊，你醒過來了，你回復知覺了。太好了！老弟，可憐的老弟啊！」

「我人在哪裡？」我痛苦地說。

「哪裡？除了你自己的家還有哪裡！」

我往四周看了一下。沒錯，我是回到了熟悉的老地方。在爐架上，還有我故意放置的那四顆煤炭。

白羅的眼神順著我的目光望去。

「沒錯，你的點子還真聰明；還有那四本書。看看你，如果有人哪天告訴我：『你那個朋友啊，那個海斯汀，他頭腦不太靈光吧？』我一定會回答：『你錯了。』你能想到這樣的點子，真是絕頂聰明啊。」

「這麼說來，你了解我的意思了？」

「你當我是白癡嗎？當然了解了。你正好給了我必要的警告，時間也正好可以仔細思考計畫。我知道四大天王用某種方法把你帶走。為了什麼目的？當然不是為了禮賢下士，也顯然不是因為他們害怕你，所以想除掉你這個心頭大患。他們的目的顯而易見。他們抓你去當誘餌，是為了引誘偉大的赫丘勒．白羅落入他們設下的圈套。這類事情，我老早就心裡有底了。我做了一點小小的準備，結果這個時候，信差就來了。一個天真無邪的街頭小孩。我匆匆看完信，急忙跟著他走。還好，他們讓你走到階梯上。我最擔心的是，在來到你藏身的地方之前，要先打發掉那一幫人，也很擔心要去找你，還有可能找不到。」

「打發掉他們，你剛才說？」我虛弱地問。「單槍匹馬。」

「噢，一個人如果事先準備妥當，一切事情都很簡單——這是童子軍的座右銘，對吧？

說得真好。我，當時的確是準備妥當。不久之前，我透過一個機構結識了一個很有名的化學家，他在戰爭期間做了很多毒氣研究。他幫我製造了一顆小型炸彈，做法簡單，攜帶起來也很方便，只要一扔，轟的一聲，現場的人會立刻不省人事。我馬上吹了一聲口哨，傑派和他一些聰明的部下，在男孩抵達前就在這裡一直監視，也一直跟蹤我們到石灰屋，並立刻衝過來控制局面。」

「你怎麼會沒有昏過去？」

「又是算我幸運。我們的四號（那封很厲害的信當然是他寫的）對我的鬍子嘲笑了一下，讓我有機會去調整黃色圍巾下面的呼吸器。」

「我記起來了。」我興奮大叫，然後在一講出「記起來」三個字時，所有暫時遺忘的恐怖回憶又重回腦海裡。灰姑娘……

我發出呻吟，向後躺去。

我一定是昏死過去一兩分鐘。醒過來的時候，發現白羅正往我的嘴裡灌白蘭地。

「怎麼啦，老弟？到底是怎麼回事，告訴我。」

我將事情原委一字一字講清楚，邊說邊顫抖。白羅大叫一聲。

「老弟啊，老弟啊！你一定是吃了很多苦頭吧！我竟然什麼都不知道！不過你放心，一切都沒事！」

「你的意思是，你會去把她找回來？可是她人在南美洲。等我們到了那裡，恐怕她早已死去，只有天知道她死前受到了什麼折磨。」

「不對不對，你沒搞清楚。她很安全，什麼事都沒有。她一秒也不曾落入他們手裡。」

「可是我收到了布朗森的電報啊！」

「沒有沒有，你沒有。你可能是接到了一封南美洲傳來的電報，只是上面的簽名也是布朗森，那是另外一回事。告訴我，難道你從來沒想過，像這樣一個在全世界各處布線的組織，是很可能找上你心愛的灰姑娘小姐來對付我們？」

「沒有，沒想過。」我回答。

「我就想過這一點。之所以對你隻字不提，是因為我不想沒事讓你難過，只是我自己採取了行動。你妻子的信件似乎都是從農莊那裡寄來的，但實際上，她一直住在我安排的一個安全所在，已經住了三個多月。」

我盯了他半晌。「你確定嗎？」

「當然確定了。我就知道，他們會用謊言來折磨你！」

我將頭轉向另一邊去。白羅把手放在我的肩膀上。他的語調中帶有我從未聽過的感情。

「我很清楚，你不喜歡被我擁抱，也不願意表現出情感。我會表現得很英國人。我什麼都不會說，什麼都不說。我想告訴你的只有這一點：在這段冒險經歷中，所有的功勞都歸你，因為擁有像你這樣的朋友，我已榮賞莫大的喜樂！」

14 染金髮的女子

白羅在中國城發動的毒氣炸彈攻擊，其結果令我非常失望。首先是那幫人的頭目溜走了。白羅吹出口哨後，傑派的人馬往前衝，結果發現大廳裡有四個不省人事的中國人，可惜那個以死要脅我的人並不在其中。我後來想起，他們逼我向外走到門階上引誘白羅入網時，那個人早就躲在後面。想必他避開了毒氣炸彈的範圍逃脫了。我們後來也發現，他們設有許多出口，他一定是利用其中之一逃脫的。

我們逮捕了四名中國人，從他們口中無法獲得任何訊息。警方進行全面調查，卻無法查出他們與四大天王有任何關聯。他們只是該區一般的低收入戶，也供稱對李昌彥這個名字一無所知。他們受雇於一位中國紳士，來河邊的這棟房子裡服務，對於他的私人事務，他們是一問三不知。

到了隔天，除了頭還稍微有點痛之外，我已經完全恢復過來，再也沒有白羅的毒氣彈所引起的副作用。我們一起前往中國城，尋找他們前來解救我的那棟房子。該處有兩棟搖搖欲墜的建築物，地下室由一條通道連接。兩棟房子的一樓和上面的樓層都沒有家具，也沒人居住，破敗的窗簾掩蓋著破碎的窗戶。傑派在地窖四處翻找，發現了通往地下室的祕密入口。我在那間地下室待了很不舒服的半小時。進一步調查後，證實了我前一天晚上的印象。牆壁上和長沙發椅上的絲織品，以及地板上的地毯，全都是精緻的手工藝術品。儘管我對中國藝術品所知有限，還是能夠欣賞房間裡的每件物品，因為它們都是完美之作。

在傑派和手下的協助之下，我們對地下室進行地毯式的搜索。我抱著很高的希望，認為可以找到重要文件，或許是一份名單之類的東西，上面寫了一些四大天王重要部下的名字，或者是以暗號寫出的計畫表。然而我們並未找到類似的物品。整個房間只有那堆中國人邊參考邊唸出來的紙張，當時由我聽寫。這些筆記等於是完整記載了我們的偵探生涯，對我們個性的評估，也暗示了我們的弱點所在，並計畫根據這些弱點給予我們致命的一擊。

發現了這些筆記，讓白羅像小孩子般雀躍萬分。我個人並不認為有什麼重要性，尤其不管是誰寫的，這個人的看法具有一些荒唐的謬誤。我們回到住處時，我向白羅指出這一點。

「親愛的白羅，」我說，「你現在明白敵人是怎麼看待我們的吧。看來他對你的腦力渾然不知，也嚴重低估了我的智商，但是就算知道他對我們的想法，我也看不出來有什麼好處。」

白羅咯咯咯笑了起來，令人不悅。

「海斯汀，你難道還不懂嗎？現在我們知道了他們攻擊的手法，可以開始準備迎戰，因為他們點出了我們的缺點。舉例來說，我們知道你在行動前應該先動動頭腦。還有，如果有一位紅髮的年輕小姐遇上了麻煩，你應該——怎麼說呢，應該先保持距離觀察她，對吧？」

在那些筆記中，他們認為我行事衝動，這簡直是荒謬，而且還暗指我禁不起某種髮色的年輕女子誘惑。我覺得白羅的說法低級到家，不過幸好我還能加以反制。

「你自己又怎樣？」我質問，「你想不想治一治『自負的虛榮心』，還有，『過分講究整齊的潔癖』？」

我照著筆記唸出來，可以看出白羅對我的反駁很不高興。

「噢，海斯汀，毫無疑問的，他們有些事情是自欺欺人，太好了！總有一天他們會恍然大悟的。我們呢，也認清了一些事情，等於是做好了準備。」

他最近很喜歡講這一套「有備無患」的大道理，講得太頻繁了，我一聽就厭惡。

「海斯汀，我們是知道了一些事情，」他繼續說道，「沒錯，我們是知道了一些事情，那是好事，不過我們知道的還不夠多。我們還得多了解一點。」

「哪方面的事情？」

白羅坐回椅子上，將我隨意扔在桌子上的火柴盒放正，擺出一種我很清楚的態度，知道他已經準備開始長篇大論。

「海斯汀，你知道嗎，我們要對付的敵人有四個，這等於是應付四個不同的個性。一號，我們從來沒有面對面接觸過，只是對他的想法有點模糊印象。我告訴你，我已經開始對他的想法瞭若指掌。他的思考方式很精密，具有東方人的特色。我們遇到的每條詭計，都是從李昌彥的頭腦裡產生出來的。二號和三號的權力很大，層級也很高，目前我們還暫時無法加以攻擊。儘管如此，他們先前用來當作護身符的東西，現在也成了我們的護身符。因為他們都是知名人物，行動必須小心安排。接下來最後一個成員，就是我們認識的四號。」

白羅的聲音有些許變化。每次他提到這號人物，聲音都會起變化。

「二號和三號都能夠成功，都能夠毫髮無傷逍遙法外，因為他們頗負盛名，社會地位也很穩固。四號成功的原因則恰恰相反，他藉著隱藏身分來達到目的。他到底是誰？沒人知道。他的長相如何？也沒人知道。我們兩人看過他幾次？五次，對吧？如果再碰到他，老實說，我們倆有沒有辦法確定就是他？」

我不得不搖搖頭，腦海裡回想起我們遇見的那五個人。儘管不可思議，但他們都是同一個人假扮的。那個壯碩的療養院管守員，巴黎那個將外套釦子扣到下巴的人，馬伕詹姆士，黃色茉莉案裡不多話的年輕醫生，還有那個俄羅斯教授。這些人，怎麼看都差別很大。

「沒辦法，」我無望地說，「我們根本沒有什麼依據。」

白羅微笑起來。

「拜託你，不要那麼急著絕望。我們還是知道一兩件事。」

「什麼事？」我語帶懷疑。

「我們知道他中等身材，膚色普通或是白皙。如果他長得很高，皮膚黝黑，絕對沒辦法假扮成那個白皙粗壯的醫生。要增加個一兩吋，例如在假扮詹姆士或教授時，也是小孩子的把戲。同樣的，他的鼻子一定是短短直直的。如果化裝技巧高超，可以在鼻子上動手腳，不過大鼻子的人沒辦法在短時間內成功變小。而且，他一定是個相當年輕的男子，絕對不會超過三十五歲。你看吧，我們還是有不少進展。這名男子年齡在三十至三十五之間，中等身材，膚色普通，熟稔化裝技巧，原本的牙齒很少或者已經掉光了。」

「什麼？」

「海斯汀，這個很清楚。管守員的牙齒不是斷裂就是變色，巴黎那個人的牙齒卻整齊而潔白，那位醫生則是微微向外齙牙，而沙瓦隆諾夫的犬齒很長，異於常人。換上一整套牙齒，最能令臉孔全面改觀，這是其他易容術所比不上的。你明白這些特徵的意義嗎？」

「不太懂。」我很小心地說。

「他是一個將職業寫在臉上的人。」

「他是個罪犯。」我大叫。

「他很熟悉化裝術。」

「這還不是一樣。」

「海斯汀，這叫作『不分青紅皂白』，顯然戲劇界的人不會太喜歡你。你難道看不出來，這個人可能是或曾經是個演員？」

「演員？」

「當然囉。他本身就具備了全套工夫。演員有兩種，一種是完全將自己融入角色裡，另一種則設法讓自己的個性彰顯在角色上。所謂的演員—經理人，就是後面這一種衍生而來。他們抓住一個角色，塑造成自己的個性。前面那一種比較可能在不同的音樂廳中飾演勞合．喬治先生，或者在劇場中扮演留鬍鬚的老人。我們應該要從前面那一種當中找出四號。他是個演技高超的演員，可以將自己融入他扮演的每個角色。」

我愈聽愈感興趣。

「所以你認為，可以透過他和舞台之間的關係查出他的身分？」

「海斯汀，你的推理總是一針見血。」

「要是你早點想到，」我冷冷地說，「我的推理可能會更棒。我們已經浪費太多時間了。」

「老弟啊，你錯了。除了在無可避免的情況下，我們並沒有浪費什麼時間。過去這幾個月來，我的調查員一直在辦案。約瑟夫．艾倫斯就是其中之一。還記得他吧？這些調查員幫我整理出一份名單，列出合乎下述條件的人：年約三十，外表無明顯特徵，對角色扮演非常拿手；還有在過去三年必然已經告別舞台生涯。」

「結果呢？」我深感興趣。

「名單當然是一長串。我們已經花了一段時間除去不可能的對象，最後只剩下四個名字。老弟，就是這四個。」

他扔給我一張紙，我把內容唸出來。

「厄尼斯．勒崔。父親為北國郡牧師，在品格上一直有缺陷，就讀公立學校時遭到退學，二十三歲時首次登台（接下來是一連串他曾經扮演過的角色，還附上演出日期和地點）。有吸食毒品的習慣，據推測於四年前遠赴澳洲。離開英格蘭後就無法追查下落。年齡三十二，身高五呎十吋半，沒留鬍鬚，棕髮，鼻子直挺，膚色白皙，眼睛是灰色的。

「約翰．聖茂。藝名，真名不可考。據信出身倫敦。自小就從事演藝生涯，曾在音樂廳表演模仿秀。已經有三年毫無音訊。年約三十三，身高五呎十吋，身材細瘦，藍眼睛，膚色白皙。

「奧斯登．李依，藝名，本名為奧斯登．佛利。出身不錯，一直對演戲有興趣，就讀牛津時以表演出名。戰功彪炳。曾演過（又是一長串劇名，包括很多劇場的戲碼）。熱中犯罪心理學。三年半前發生車禍，罹患嚴重精神崩潰，再也不曾重回舞台。目前行蹤不明。年齡三十五，身高五呎九吋半，膚色白皙，藍眼睛，棕髮。

「科勞德．達瑞。應為本名。出身不明。曾於音樂廳表演，也曾在劇場演出。似乎沒有親密朋友。於一九一九年到過中國，途經美國返回英格蘭。曾在紐約表演過幾個角色。某天晚上沒有出場表演，從此銷聲匿跡。紐約警方認為失蹤原因極為離奇。年約三十三，棕髮，膚色白皙，灰色眼睛，身高五呎十吋半。」

「真有意思，」我放下紙張時說道，「照你說的，這就是幾個月來調查的結果？就這四個名字而已。你比較懷疑哪一個？」

白羅做了一個準備發表高論的手勢。

「老弟，目前這個問題還沒有定論。我只能向你指出，科勞德．達瑞曾經到過中國和美國，也許有其重要性。但我們不能因此產生不當的偏見。可能只是巧合而已。」

「接下來呢？」我很焦急地問。

「接下來的事已經在進行中了。我們每天會刊登一些措辭謹慎的廣告，請他們的親朋好友和我的律師聯絡。就連今天，我們也可能……啊哈！電話來了！大概又是撥錯號碼，不過也有可能……沒錯，有可能事情已經有了眉目。」

我走過去接電話。

「喂，是的，這裡是白羅先生的住處。對，我是海斯汀。噢，邁克尼先生，是你啊！（邁克尼和哈吉森都是白羅的律師。）我會轉告他。對，我們馬上到。」

我放下話筒，轉身面對白羅，眼神無比雀躍。

「白羅，那邊來了一位女士，是科勞德．達瑞的朋友，名叫芙羅絲．夢露。邁克尼希望你能過去一趟。」

「來得真巧！」白羅大叫著，走進臥房裡，然後拿著帽子走出來。

我們立刻招來計程車，驅車前往邁克尼的私人辦公室。我們坐在辦公室的扶手椅裡，律師對面坐著一個外表有點庸俗、年華已逝的女人，她的頭髮黃得很誇張，耳朵上面的頭髮也鬈得很厲害，眼皮畫得很黑，而且完全沒忘記塗上胭紅和護唇膏。

「啊，白羅先生到了！」邁克尼先生說。「白羅先生，這位小姐是……呃，夢露小姐，就是她熱心打電話提供消息的。」

「啊，真是勞駕你了！」白羅大聲說。

他走向前去，極為熱絡地和女士握手。

「夢露小姐坐在這破舊的辦公室裡，就像在沙漠裡綻放的一朵花。」他說，一點也沒有顧及邁克尼先生的顏面。

如此誇讚，果然有了作用。夢露小姐臉紅了，還吃吃吃笑了起來。

「噢，少來了，白羅先生！」她大聲說，「你們法國人那一套，我很清楚啦。」

「小姐，我們看到美女的時候，才不像英國人一樣說不出話來哩。我不是法國人，我其實是比利時來的。」

「我去過奧斯登喔。」夢露小姐說。

整件事的進行很順利，白羅必然也有同感。

「所以，你說你能告訴我們科勞德·達瑞先生的事？」白羅說。

「我以前和達瑞先生很熟呢，」女士解釋。「我看到廣告的時候剛走出一家商店，時間很充裕，我就告訴自己：可憐的科勞德，有人要找他呢，而且還是律師哩，可能是有一大筆財產等著他來繼承吧，我最好馬上過去。」

邁克尼起身。

「白羅先生，要不要我離開一下，讓你和夢露小姐好好談談？」

「你真是設想周到，不過請你還是留下，因為我剛想到，反正也快到用餐時間了，不知道夢露小姐願不願意與我們共進午餐？」

夢露小姐的眼睛一亮。我突然想到她可能時運不濟，能夠有機會好好吃一頓，她不會拒絕的。

幾分鐘後，我們三人坐進計程車，前往倫敦一家非常昂貴的餐廳。一到餐廳，白羅點了一道極為可口的午餐，然後轉向夢露。

「小姐，想喝什麼酒呢？香檳可以嗎？」

夢露小姐什麼都沒說——或者應該說是無語訴盡千言。

午餐一開始氣氛很融洽，白羅為女士殷勤斟酒，漸漸將話題移到他心目中的目標。

「可憐的達瑞先生。真可惜他沒有辦法和我們共進午餐。」

「是啊，真是可惜，」夢露小姐嘆了一口氣。「真可憐，不知道他最近怎麼樣了。」

「你已經很久沒見過他了，對吧？」

「噢，好幾年了，戰爭到現在都沒見過他。科勞德這個可愛的男生啊，守口如瓶呢，關於自己的事，從來都不會告訴別人。所以說，你們找不到他這位失蹤的繼承人就很合理了。那樣說對吧，白羅先生？」

「啊，是唯一的繼承物，」白羅竟說得臉不紅氣不喘。「不過，還是有身分確認的問題，所以我們才必須找到和他很熟的人來談談。你和他很熟，對吧，小姐？」

「告訴你也沒關係，白羅先生，你是個紳士。你甚至知道怎麼幫女士點菜。這個年頭的年輕小夥子都不懂這些，真的是很差勁。我剛才也說過，你一定是法國人。啊，你們法國人啊！好頑皮好頑皮喲！」她對著白羅搖搖手指頭，表現得太過淘氣。「嗯，科勞德和我，當時兩個人都年輕，還能發生什麼事？我對他有點好感吧，不過他當時並沒有好好對待我，完全沒有，對待我的態度很差勁哩，完全不像是對待女士應有的風度。他們啊，一扯到錢，還不都一樣。」

「不，不，小姐，請別說那種話，」白羅幫她倒滿酒杯，對她表示抗議。「現在可不可以請你描述一下達瑞先生的外表？」

「他啊，長得沒什麼大不了，」芙羅絲．夢露悠悠說道，「不高不矮，體格還算不錯。腰桿很直，眼睛有點藍灰色，頭髮大概是淡色的吧。噢，對了，他的表演天分可是不得了喔！在演戲這方面，我從來沒看過比他更厲害的了。要不是因為招人嫉妒，他現在早就成名了。啊，白羅先生啊，就是嫉妒心壞了事。你不會相信的，真的不會相信我們藝人受到嫉妒心的折磨有多大。我記得，有一次在曼徹斯特……」

她自顧自的談起一個啞劇演員的曲折故事，也提到某個主角見不得人的醜事，我們盡可能耐住性子聆聽。然後白羅又不著痕跡地將她引回科勞德．達瑞的話題上。

「小姐，你告訴我們科勞德．達瑞的這些事都非常有意思。女人觀察事物的眼光真是敏銳，什麼東西都逃不過她們的眼睛，一般男人疏忽的小小細節，女人都能注意到。我曾經看過一位女士，在十幾個男人當中進行指認，結果你們知道怎樣？她之前注意到這個男人在情緒激動的時候喜歡摸鼻子，所以很快就指認出來。如果換作是男人，怎麼可能會注意到那種小事？」

「你說得對！」夢露小姐大叫。「我覺得女人是比較會注意到細節。我記得科勞德——我現在才想起來，總是習慣在桌子上把玩麵包。他會撕下一小片，用兩根手指夾住，然後用來黏起桌上的麵包屑。這個動作，我看見他做過一百次了。不管他走到天涯海角，只要他用麵包去黏桌上的麵包屑，我一定認得出他。」

「我不是才說過，女人的觀察力真是出神入化。他有這種習慣，你有跟他提過嗎？」

「沒有，從來沒有，白羅先生。男人啊，你也知道，不喜歡人家去注意他們，特別是聽起來像是在數落他們，那更不得了。我一個字也沒提過。但我常常在心裡偷笑。告訴你，他一定不知道自己在做什麼。」

白羅輕輕點頭。他伸手去拿酒杯的時候，我注意到他的手微微顫抖。

「還有啊，筆跡也可以用來辨識真正的身分，」他表示，「達瑞寫給你的信，你一定有保存下來吧？」

芙羅絲．夢露搖搖頭，露出遺憾的神情。

「他這個人不喜歡寫東西。一輩子從未寫過一封信給我。」

「真是可惜啊。」白羅說。

「我跟你說，」夢露小姐突然說，「我有一張他的相片，不知道有沒有幫助？」

「你有一張照片？」

白羅抑制不住興奮的情緒，差點從座位上跳起來。

「很久以前拍的，至少有八年了。」

「沒關係！不管多久以前拍的，不論褪色得多嚴重都可以！啊，我們真的是走運！能不能讓我們看看相片，小姐？」

「當然囉，有什麼問題。」

「能不能請你同意讓我複製一份？不需要花太多時間。」

「當然啦，隨你便。」

夢露小姐起身。

「好了，我該走了，」她調皮地說，「白羅先生，很高興和你們兩人認識。」

「相片呢？什麼時候可以給我？」

「我今天晚上就去找。我大概知道放在哪裡，一找到馬上就送過去給你。」

「感激不盡，小姐。你真是親切到了極點。希望我們很快就能再度共進午餐。」

「多快都沒關係，」夢露小姐說，「我很願意和你們一起吃飯。」

「嗯，我好像沒有你的住址？」

夢露小姐故作姿態地從皮包裡取出一張卡片，遞給白羅。卡片有點髒，原先的地址被畫掉，用鉛筆寫上新的住址。

白羅既鞠躬又哈腰了無數次，我們才向女士告別離開。

「這張相片，你覺得真有那麼重要嗎？」我問白羅。

「沒錯，老弟。照相機不會撒謊，相片可以放大，凸顯出平常沒注意到的地方。還有，值得注意的細節多得是，例如耳朵的真實模樣，不管是誰都沒辦法用言語描述出來。沒錯，這個大好機會自己送上門來了！所以我才說要事先做好準備。」

話一說完，他就走到電話邊，說出一個電話號碼。我知道那個號碼是一家私家偵探社的電話，他有時候會委託這家偵探社來辦案。他下了明確的指示：派兩個人到他給的地址，還要保護夢露小姐的安全。她走到哪裡就要跟到哪裡。

白羅掛掉電話，走回我身邊。

「白羅，你真的認為有必要嗎？」我問。

「可能吧。有人一直在監視著你和我，這一點毫無疑問，既然被人監視了，他們很快就會知道我們今天和誰一起吃午餐，而四號可能會察覺到有危險。」

二十分鐘後電話鈴聲響起，我過去接聽，話筒裡傳來的聲音語調唐突。

「是白羅先生嗎？這裡是聖詹姆士醫院。十分鐘前有人送來一名小姐，她在馬路上發生意外，是芙羅絲．夢露小姐。她要求白羅先生盡快趕來……不行，一分鐘都不能耽擱，她可能撐不了很久。」

我轉述給白羅聽。他的臉色翻白。

「快，海斯汀，我們就是飛也要飛過去。」

我們搭乘計程車趕到醫院，前後不到十分鐘。我們詢問夢露小姐的病房，有人立刻帶我們到意外傷害病房，門口迎面而來的是戴著白帽的修女。

從她的臉色，白羅知道發生了什麼事。

「結束了，是吧？」

「她六分鐘前走了。」

白羅呆若木雞地站在那裡。

護士誤解了他的情緒反應，語調輕柔地對他說：「她走的時候沒有痛苦，快到盡頭時已經失去了意識。她是被車子撞到，肇事的駕駛連停都沒停。真可惡啊，對吧？希望有人記下車牌號碼。」

「命運之神和我們作對。」白羅壓低聲音說。

「要不要看看她？」

護士走在前頭，我們跟在後面。

可憐的芙羅絲・夢露，臉上塗了胭脂，頭髮染了色。她靜靜躺著，唇上有一絲笑意。

「沒錯，」白羅喃喃說，「命運之神在和我們作對。問題是，真的是命運之神嗎？」他抬起頭來，彷彿突然靈機一動。「海斯汀，是命運之神嗎？如果不是的話……噢，老弟，我站在這個可憐女人的身旁對你發誓，一旦機會到來，我絕對不饒人！」

「你是什麼意思？」我問。

白羅轉向護士，積極收集資訊。院方將她皮包裡面的東西列在一張紙上，白羅逐一閱讀時發出一陣壓抑住的呼聲。

「海斯汀，你看到了嗎，看到了嗎？」

「看到什麼？」

「上面沒有列出鑰匙。她生前一定帶著一把鑰匙。她絕對是被人狠心暗算的。第一個低頭察看她的人，從她的皮包裡拿走了鑰匙。我們可能還來得及，這個人或許沒辦法馬上找到他要的東西。」

我們再度搭計程車前往芙羅絲・夢露給的住址。她的住處附近不甚清雅，她住的那棟樓房也很髒亂。我們花了一番工夫才獲准進入夢露小姐的公寓，不過至少我們很安心，因為只要我們在外面守著，裡面的人就無法離開。

我們最後還是進了她的公寓。在我們趕到之前，明顯已經有人捷足先登了。抽屜裡和櫥櫃裡的東西全被扔到地板上，撒得到處都是。鎖也被撬開，連小桌子也翻倒，力道之猛，可見翻東西的人時間緊迫。

白羅開始在碎片中尋找線索。突然間，他大叫一聲，站直身體，拿著什麼東西伸出手來。他手裡的東西是一個老式相框，裡面沒有相片。

他慢慢將相框轉過來，後面有個小小的圓形標籤，是個價格標籤。

「花四先令買的。」我說。

「天啊！海斯汀，用眼睛仔細看看行不行？那個標籤是新的，是取走相片的人貼上去的。這個人搶先一步進來，但他知道我們隨後就到，所以留下這個給我們看。這個人就是科勞德．達瑞，亦即四號仁兄。」

15 慘痛的災難

芙羅絲．夢露慘遭橫禍之後，我才開始注意到白羅出現異樣。直到事件發生之前，他的自信心向來都能禁得住考驗。然而這次終於讓他開始呈現出倍感壓力的狀態。他的態度沉潛，很少開口，動不動就發脾氣，還變得像貓一樣，稍有動靜就情緒激動。有關四大天王的討論，他盡量避免，似乎全心投入日常事務中，懷抱著過去的工作熱誠。儘管如此，我知道他還是在暗中辦這個大案子，行動不曾中斷。經常有長相奇特的斯拉夫人來拜訪他。對於這些神祕的活動，雖然他都沒解釋，但我明白他是在建立一些新的防衛措施或反制武器，那些外表有點令人嫌惡的外國人，就是來幫他忙的。有一次，我碰巧看見他帳簿裡的明細，因為他要我幫忙查證一些小數目，我注意到他付出一大筆金錢。儘管他近來入帳很多，這筆支出還是相當可觀。付款的對象是一名俄羅斯人。從這個人的名字拼法，就很明顯知道他是什麼地方的人。

不過，他並未透露接下來的行動方針。他只是一次又一次告訴我同一句話：「低估敵人就是失算，請記住，老弟。」我了解，低估敵人，正是他不計一切代價想避免的陷阱。

事情就這樣一直持續到三月底。某天早上，白羅提到一件令我大為震驚的事。

「老弟，今天早上，我建議你穿上最紳士派頭的西裝。我們要去拜訪內政大臣。」

「真的嗎？太令人興奮了。是他打電話委託你辦案嗎？」

「那倒不是。和他見面，是我主動提出的要求。你大概還記得吧，我說過以前曾經幫了他一點小忙。他對我的辦案能力激賞到盲目的程度，而我想運用一下這個優勢。你也知道，法國總理迪哈度先生正在倫敦訪問，內政大臣接受我的請求，安排他參加我們今早的小型會議。」

內政大臣是右派的席尼．科羅瑟，他是個頗負盛名、支持率很高的官員，年約五十，臉上總是掛個問號，灰色的眼睛目光銳利。他以親和宜人的態度迎接我們。他隨和的態度是他最主要的資產之一。

有個高大的男子背對火爐站著。他臉上的黑色鬍鬚根根直豎，臉孔表情豐富。

「迪哈度先生，」科羅瑟說，「容我向你介紹赫丘勒．白羅先生。你大概已經聽過他的大名。」

法國人鞠躬致意，和他握手。

「我的確久仰赫丘勒．白羅先生的大名，」他神情愉悅地說，「誰沒聽過呢？」

「你實在太客氣了，先生。」白羅鞠躬說道，臉色因喜悅而浮上紅暈。
「跟老朋友打聲招呼吧？」
一個聲音幽幽傳出，有個人從高高的書架角落向前走來。
他是我們的老朋友英格斯先生。
白羅熱切和他握手。
「好了，白羅先生，」科羅瑟說，「有何指教呢？我知道你想告訴我們，你有極為緊要的事情告知。」
「沒錯，先生。當今在國際間，有個龐大組織，一個犯罪組織，由四個人把持，人稱四大天王。一號是個中國人，李昌彥；二號是個美國百萬富翁，艾伯・瑞蘭德；三號是位法籍女人；四號，我有種種理由相信他是一個名不見經傳的英國演員，名叫科勞德・達瑞。這四個人聚在一起，企圖摧毀現行的社會秩序，造成無政府狀態，趁機獨霸天下。」
「很難相信，」法國總理喃喃地說，「瑞蘭德怎麼會搞出這種事？你說的事情未免像是憑空杜撰出來的。」
「先生，四大天王做過哪些事，請容我說幾項來聽聽。」
白羅一項一項敘述，令人聽得渾然忘我。這些細節我全都很熟悉，不過那些冒險和逃脫的經過，經白羅赤裸裸敘述出來後，仍然讓我心頭一震。
白羅敘述完畢後，迪哈度先生一語不發地看著科羅瑟。科羅瑟回答了他的疑問。

「是的，迪哈度先生，我認為我們有必要承認四大天王的存在。蘇格蘭警場一開始傾向於駁斥為無稽之談，但後來不得不承認白羅在很多地方說得沒錯。我只是覺得白羅先生……呃，有點誇大其詞。」

白羅提出十項有力的證據來回應內政大臣的疑問。這些事白羅一直要求我不要對外公開，我也克制住自己的嘴巴，這十項當中包括了某年某月發生的潛水艇重大意外事件，也包括了一連串飛機失事和迫降的意外。根據白羅的說法，這些全都是四大天王的傑作，足以證明他們手中握有多項科學機密，外界無從得知。

他一說完，法國總理正如我的預料一般，開門見山就問道：「你說這個組織的第三號人物是個法國女人。你知道她的姓名嗎？」

「她是個公眾人物，先生，廣受景仰。三號就是知名的奧莉維爾夫人。」

一提到這位聞名遐邇、號稱是居禮夫婦接班人的科學家，迪哈度先生迅速坐回自己的位置，臉色因激動而轉為鐵青。

「奧莉維爾夫人！不可能！太荒謬了！你講這種話，根本是侮辱人嘛！」

白羅輕輕搖搖頭，並未搭腔。

迪哈度呆看了他半晌，這才臉色恢復正常，望向內政大臣，重重拍打自己的額頭。

「白羅先生是個令人敬重的人，」他說，「不過即使是令人敬重的人，有時候也會稍微失常，對吧？甚至會替知名人士假造出不實的陰謀論，這一點大家都知道。科羅瑟先生，你同意我說的話吧？」

內政大臣半天沒回應，之後他才開口，語氣緩慢而沉重。

「憑良心說，我並不知道，」他最後說，「我一直對白羅深具信心，只是……這一次要我相信有點勉強。」

「還有，這個所謂的李昌彥，」迪哈度先生繼續說道，「有誰聽過這個人啊？」

「我聽過。」英格斯先生冷不防地開口。

法國總理看著他，他也平靜地回敬他的目光。英格斯此時像極了中國的塑像。

「英格斯先生，」內政大臣解釋，「是我們對中國內部研究最詳細的權威。」

「你聽過李昌彥嗎？」

「直到白羅來找我之前，我都以為自己是全英格蘭唯一聽過這號人物的人。您要知道，迪哈度先生，今日全中國只有一個人說話算數，他就是李昌彥。他可能是——我只說可能是——全世界頭腦最好的人。」

迪哈度先生彷彿受到驚嚇，呆坐在位置上。不過，後來他還是振作起精神。

「白羅先生，你的敘述或許有點真實性，」他冷冷說道，「不過就奧莉維爾夫人的那部分，你一定是搞錯了。她是法國的女兒，全心將自己奉獻在科學研究上。」

白羅聳聳肩，沒有搭腔。

之後有長達一兩分鐘沒人開口，矮小的白羅帶著充滿尊嚴的氣勢站了起來。這與他特立獨行的個人風格不甚協調。

「各位，我的報告到此為止。我只是想警告各位。我早就知道可能會有人不信。不過至少你們都有所警覺。我所言句句屬實，如果你們有所疑慮，未來發生的事件將會堅定你們對我的信心。對我來說，這個時候必須要通知各位，再過一段時間，我恐怕就沒辦法了。」

「你是說……」科羅瑟問。由於白羅口氣凝重，令科羅瑟不知所措。

「我是說，既然我已經拆穿了四號的身分，我的性命已岌岌可危。他會不計一切追殺我，因為他的綽號正是『毀滅者』。我在此向各位致敬。科羅瑟先生，我想交給你一把鑰匙和一個密封的信件。有關這個案件的一切都記錄在裡面，也包括了我對於應對隨時爆發的威脅的看法，我已經將這些東西安置在一個保險箱裡。萬一我死去，科羅瑟先生，我授權你全權處理裡面的資料，希望能對你有所幫助。現在，各位，告辭了。」

迪哈度只是冷冷地鞠了個躬，不過科羅瑟跳起身來握住白羅的手。

「白羅，我本來不信，但現在我相信了。儘管一切聽起來有如天馬行空，可我相信你剛才所言句句屬實。」

英格斯和我們同時離去。

「這次會面，我並未感到失望，」我們一起走的時候白羅說，「我本來就不認為迪哈度會相信，但是至少我確定了，我所知的一切，不會跟著我躺進棺材。而且，我也改變了一兩個人原先的看法，這還不錯！」

「你應該知道，我相信你，」英格斯說，「對了，我要盡早動身前往中國。」

「這妥當嗎？」

「不妥當，」英格斯一本正經地說，「但有必要，能為則當為。」

「啊，你這個人真是勇敢！」白羅充滿感情地說，「如果不是因為走在街上，我會給你一個擁抱。」

我感覺英格斯好像鬆了一口氣。

「我在中國面臨的危險，恐怕不會比你們在倫敦面對的來得大。」他嘟囔說。

「你說得很對，」白羅承認。「我只是希望，他們不要連海斯汀也一起除掉。如果他們真的除掉海斯汀，我會十分震怒。」

他們談得起勁，我插嘴向兩人表示，我並不打算遭人暗算。沒多久，英格斯就和我們分道揚鑣。

我們靜靜走了一會兒，最後白羅打破沉默，說出了一句完全出乎意料之外的話。

「我覺得……我真的覺得，應該讓我兄弟參與這個案子。」

「你的兄弟，」我很驚訝，大聲問：「我怎麼從來都沒聽過你有個兄弟？」

「海斯汀，你真讓我驚訝。你難道不知道所有的名偵探都有些兄弟？要不是這些兄弟生性懶散，不然可能會更為人所知。」

白羅常擺出一個特殊的神態，幾乎讓人無法判斷他是認真還是說笑。這個時候，他就是那副德性。

「你兄弟的名字叫什麼？」我試著接受他有兄弟的事實。

「阿契勒斯．白羅，」白羅沉重地說，「他住在比利時的史巴附近。」

「他是做什麼的？」我語帶好奇地問。

對於已故的白羅夫人，我有點開始想了解她的個性和性情，也想知道一下她挑選名字的古典品味，不過這會兒還是暫時別問。

「他什麼都不做。正如我告訴你的，他的個性就是懶散。能力和我比起來是沒差到哪裡——也就是說，都超越群倫。」

「他長得像你嗎？」

「算是像。只是沒有我英俊瀟灑。他也沒有留鬍子。」

「他年紀比你小，還是比你大？」

「他恰巧和我同一天出生。」

「雙胞胎啊。」我大叫。

「正是，海斯汀。你每次都能精準無誤地直接得出結論。我們到家了，還是先馬上研究一下公爵夫人的項鍊失竊案。」

然而，這件案子注定要延後處理。因為有另外一件事正等著我們解決。

我們一到家，房東皮爾森太太立刻通知我們有一名護士等著見白羅。

我們發現她面對窗戶坐在大扶手椅上，臉蛋姣好，年約中年，身穿深藍色制服。她有些欲言又止，但白羅很快就讓她寬心，她因此開始敘述她的經歷。

「是這樣的，白羅先生，我從未遇過類似的事情。雲雀修女院派我到赫福郡去探訪一個病人。他是譚博頓先生，是名年邁的紳士。房子很舒適，裡面的人也都很和善。他的妻子譚博頓夫人比先生年齡小很多，他和前妻生的兒子也住在一起。我並不知道這個年輕人和他的繼母彼此不和。他不能算是正常，但也不盡然是少一根筋，不過顯然是智能上有些遲緩。譚博頓先生的病情我乍看之下覺得很離奇，有時候好像一切正常，可是又會突然劇烈腹痛嘔吐。醫生似乎很放心，我也不好說什麼。可我會忍不住會去想這件事。然後……」她停頓下來，滿臉通紅。

「是不是發生什麼事，讓你起了疑心？」白羅暗示。

「對。」

不過她似乎覺得很難繼續說下去。

「是有關譚博頓先生的病情嗎？」

「不是！是有關，有關他的……」

「譚博頓夫人嗎？」

「對。」

「是譚博頓夫人和醫生吧？」

白羅對這種事具有不可思議的天賦。護士對他投以感激的眼神，繼續說下去。

「他們兩個在交談，然後有一天我親眼看到他們在一起，在花園裡……」

她點到為止，看得出她內心的痛苦和憤怒，沒人覺得有必要再去追究她到底在花園看到什麼。顯然她看到了不少，所以才認定是那麼回事。

「他嘔吐的情形愈來愈嚴重。崔福斯醫師說那很正常，本來就會這樣，因為譚博頓先生不可能再撐太久，可是我本人從事護士工作有很長一段時間，從未看過病人吐得那麼嚴重。在我看來，比較像是那個……」

她停了下來，有點猶豫。

「砒霜中毒？」白羅提示。

她點點頭。

「後來，他——我是指病人，他也開始胡言亂語。『他們要對付我，他們四個。他們會狠狠對付我。』」

「呃？」白羅很快出聲。

「白羅先生，他就是那麼說的。當然，他那時非常痛苦，幾乎不知道自己在說什麼。」

「『他們要對付我，他們四個。』」白羅若有所思地複誦。「你覺得『他們四個』指的是什麼意思？」

「我也說不上來，白羅先生。我在想，也許他是指妻子、兒子、醫生，可能再加上克拉克小姐。她是譚博頓太太的朋友。正好是四個，對吧？他可能認為，這些人要聯合起來對付他。」

「說得也是。」白羅心不在焉地說，「食物呢？你能做什麼預防措施嗎？」

「我都是盡可能小心，不過有時候譚博頓夫人堅持要自己來，也有時候不是輪到我值班。」

「沒錯。你覺得不太確定，所以不敢去報警？」

一想到報警，護士的臉色顯現出恐懼的神情。

「白羅先生，我能做的只有這個了。譚博頓先生有天喝了一碗湯後大吐特吐，我後來從碗底弄來一點湯汁，帶在身邊。今天因為他病情好轉，不必有人特別照料，所以他們派我去看一個生病的媽媽。」

她取出一個小瓶子交給白羅，裡面裝著深色的液體。

「太好了，小姐，我會馬上請人來檢驗。如果你可以過一個小時再回來，我想應該有辦法可以解除你的疑慮。」

白羅向她詢問姓名和學經歷，送她出門。然後寫了一張紙條，和裝著湯的小瓶子一起送出去。等著聽結果的同時，白羅興味濃厚地查證護士的學經歷，令我有點訝異。

「沒事，沒事，老弟，」他宣稱，「小心駛得萬年船。別忘記四大天王在監視我們。」

然而沒多久，他就查出一位名為瑪貝．帕默的護士，是雲雀修女院的成員，曾奉派照顧譚博頓先生。

「到目前為止一切都正常，」他眼睛一亮，說道，「帕默小姐回來了，正好分析報告也送到了。」

「裡面有沒有砒霜？」她上氣不接下氣地問道。

白羅搖搖頭，將報告摺疊起來。

「沒有。」

我們兩人都驚訝無比。

「裡面沒有砒霜，」白羅繼續說道，「不過卻含有銻元素。我們即刻動身前往赫福郡，希望還來得及才好，願蒼天保佑。」

我們決定，最簡單的方法還是讓白羅以偵探的身分出現，實話實說。不過登門造訪的表面理由，卻是詢問譚博頓夫人她先前雇用的一名傭人。白羅從帕默護士口中得知他的名字。白羅可以謊稱這個人涉及一樁珠寶搶劫案。

我們抵達艾姆斯德時已經是晚上了。艾姆斯德就是譚博頓的公館。我們讓帕默護士早我們二十分鐘進去，這樣就沒有人會因為我們同時抵達而起疑心。

譚博頓夫人是個身材修長的女子，膚色略深，舉止纖柔，開門見到我們時露出不安的神色。我注意到白羅一表明自己的身分，她陡然深吸了一口氣，發出嘶嘶聲，彷彿大受驚嚇，不過她還是從容回答了有關傭人的問題。然後白羅為了測試她，開始講了一長串妻子毒殺丈夫的案例。他講話的時候眼睛都沒離開她的臉，儘管她極力掩飾，情緒還是愈來愈激動。突然間，她說了一個不搭界的藉口，匆匆離開。

沒多久就有人過來。那是一個身材方正的男子，蓄著紅棕色小鬍子，戴著夾鼻眼鏡。

「我是崔福斯醫生，」他自我介紹。「譚博頓夫人先行告退，請我來向你們說一聲。她因為擔心丈夫的病情，身體狀況非常差，屬於精神耗弱，我已經開了溴化物給她，吩咐多上床休息。不過她希望你們能留下來吃頓便飯，由我來安排。白羅先生，我們久仰你的大名，希望今天能讓你盡興。啊，米奇來了！」

一個步伐無精打采的年輕男子走進來。他有張圓通通的臉孔，眉毛看起來傻乎乎的，高高翹起，彷彿永遠都感到很驚訝似的。他握手的時候很彆扭地笑笑。顯然這就是「少一根筋」的兒子。

此時我們坐下來用餐。崔福斯醫生走開，我認為他是去開酒，突然間，年輕男子的臉色驟變。他倚身向前，看著白羅。

「你是來看我父親的吧，」他點點頭說，「我就知道。很多事情我都知道，只是沒有人知道我知道。父親死掉的話，母親會很高興，這樣她就可以嫁給崔福斯醫生了。她不是我親生母親，你知道吧。我不喜歡她，她希望我爸快死。」

這聽起來相當恐怖。幸好在白羅來得及回應之前，醫生就回來了。我們勉強找了話題聊天。

白羅突然向椅背靠去，發出空洞的呻吟聲，臉孔因痛苦而扭曲。

「先生，你怎麼了？」醫生大聲說。

「突然痙攣而已，習慣了。不，不用，我不需要幫忙，醫生，我只想到樓上躺一下。」

醫生馬上答應他的要求，由我伴隨他上樓。一到樓上他就癱在床上，沉重地呻吟。

頭一兩分鐘我還信以為真，不過很快就洞悉白羅正在演戲，目的是想一個人待在樓上，好接近病人的房間。

只剩下我們兩人時，他一躍而起，我也有心理準備。

「海斯汀，快，窗戶。外面有常春藤，在他們起疑心之前，趕快爬下去。」

「爬下去？」

「沒錯，我們要馬上離開這裡。你看到他在餐桌上的樣子了嗎？」

「醫生嗎？」

「不是，是譚博頓的兒子。他手裡在把玩著麵包。記不記得芙羅絲．夢露死前說過的話？科勞德．達瑞習慣用麵包沾起桌上的麵包屑。海斯汀，這是個大陰謀，那個看起來傻傻的年輕人，其實就是我們的頭號敵人，四號！快。」

我並沒有停下來和他爭論。儘管整件事曲折難解，但不要耽擱時間恐怕才是上策。我們匆忙順著常春藤爬下來，盡量不發出聲音，直接進入小鎮，來到火車站。我們正好趕上八點三十四分的末班火車，大約在十一點可以回到家。

「陰謀啊，」白羅若有所思地說，「那裡面到底有多少人，我很納悶。我懷疑譚博頓一家上下全都是四大天王的人馬。他們是故意引誘我們過來的嗎？還是另有所圖？他們是想演一齣戲，提高我的興趣，然後才有時間去做……做什麼？我很納悶。」

他還是一直在沉思。

抵達我們的住所時，他在客廳門口把我拉住。

「當心，海斯汀，我有點懷疑。讓我先進去。」

他走進客廳，然後謹慎地以舊塑膠鞋套來按下電燈開關，令我覺得有點好笑。接著他繞著客廳走，好像一隻貓咪在打量新環境，小心翼翼，提高警覺，以防危險。我看了他一會兒，依他吩咐一直靠著牆壁站。

「白羅，好像沒事嘛。」我不耐煩地說。

「好像是這樣，老弟，好像。不過還是確定一點比較好。」

「隨你便，」我說，「反正我要點火抽抽菸斗。你總算讓我逮到了吧，用完火柴沒有放回盒子裡。還虧你老是嘮叨我。」

我伸出手，聽到白羅大聲警告……看到他往我的方向跳過來——我的手已碰到火柴盒。

然後是一陣藍色的火焰閃爍……轟然巨響……漆黑一片……

恢復意識時，眼前是老友理吉威醫生的熟悉臉孔，他彎腰低頭看我，露出鬆了一口氣的表情。

「別動，」他輕柔地說，「你沒事了。知道嗎，發生了意外。」

「白羅呢？」我喃喃說道。

「你人在我的住所，一切都沒事了。」

頓時我心中升起了不祥的恐懼。他迴避了我的問題，讓我不禁驚恐萬分。

「白羅呢？」我再問一遍。「白羅怎麼了？」

他明白我真的想知道，再迴避也沒用。

「你能逃過一劫，真是奇蹟。但白羅……他沒有！」

我的嘴唇間衝出一聲哀嚎。

「他沒死吧？沒死吧？」

理吉威低下頭來，五官出現激動的情緒。

我拚命爬起來坐著。

「就算白羅死了，」我虛弱地說，「他的精神並不會因此消失。他未完成的工作，我會替他進行的！四大天王，你們死定了！」

說完我往後一躺，昏迷過去。

16 垂死的中國人

即使是現在，一寫到三月發生的事，我幾乎無法動筆。

白羅，獨一無二的赫丘勒·白羅，已經不在人世了！讓火柴盒隨便亂擺，必然會引起他的注意，然後急著去整理，於是觸動了爆炸的機關——這個計謀實在令人齒冷！觸發這個災難的人其實是我，這更讓我無法止住內心的遺憾。正如理吉威醫生所言，我能死裡逃生，只有輕微的腦震盪，的確是徹徹底底的奇蹟。

儘管感覺上像是幾乎立刻恢復知覺，其實我昏迷的時間長達二十四小時。直到當天晚上，我才能勉強走進隔壁房間，去看裝著白羅遺體的素色榆木棺材，內心充滿深切的傷痛，畢竟他是世上最傑出的人物之一。

從我恢復意識開始，我心中就只有一個目標，那就是為白羅的死復仇，我誓死追查四大天王的下落。

我還以為理吉威會和我同仇敵愾，但令我訝異的是，他似乎興趣缺缺，態度令人不解。

「回去南美洲吧。」

他不厭其煩地勸告我，既然不可能，為什麼執意要去做？他儘管說得十分委婉，不過大致上可以解說為：如果獨一無二的白羅都失敗了，我又怎麼可能會成功？

儘管如此，我的信心絕不動搖。撇開我的資格不提，也不管我是否具備足夠的能耐來完成任務（我也想順便說明一下，我並不完全贊同他的看法），我和白羅共事已久，已經熟稔他的手法，他未完成的工作，我絕對有能力接替下來。對我而言，這牽涉到人情義理的問題。我的朋友遭人無情謀殺，我豈能乖乖回到南美洲，豈能不盡一點力量將歹徒繩之以法？

我把上述的話說給理吉威聽，他還算專心。

「隨便你怎麼說，」他在我講完後接著說，「我對你的建議是不會改變的。我深信如果白羅在世，一定會催你回到南美洲。海斯汀，看在白羅的份上，拋開不切實際的想法，回到你的農莊去。」

對於他的請求，我只可能給他一個答案。之後他搖搖頭，就不再說什麼了。

我花了一個月才完全康復。到了四月底，我求見內政大臣，他也答應了。

科羅瑟先生的態度和理吉威相仿，就是安撫、勸解、要我看開。我主動要求進行調查，儘管他滿心感謝，還是親切婉拒。白羅託他看管的文件現在都在他手上，他向我保證已經採取所有必要的措施，以應付逐漸迫近的威脅。

有了這種冷冷的安慰，我不得不滿意了。科羅瑟先生在打發我走之前，還是催促我回到南美洲。我覺得整件事情極度令人不滿。

我應該適時描述一下白羅的葬禮才對。他的葬禮莊嚴肅穆，花籃的數目多到令人不敢置信。送花籃的人從上流社會到市井小民都有，上面寫滿了對他的嘉許。他移民到這個國家，生前獲得如今的地位，死後仍舊贏得掌聲。我自己站在墳墓旁邊，回想起過去的幾次經驗，以及一同度過的歡樂時光，不禁悲慟逾恆。

到了五月初，我擬定了一項行動計畫，決定還是按照白羅原先的做法刊登廣告，尋找有關科勞德．達瑞的訊息。我在幾家早報中夾了廣告，坐在蘇活區一家小餐廳裡，評估廣告的效果如何。這時報紙別的版面上有一小段報導讓我著實震驚莫名。

這篇報導非常簡短地敘述了約翰．英格斯先生自上海號汽輪上失蹤的消息，當時汽輪剛離開馬賽港。儘管天氣完全晴朗無風，但恐怕他已經不幸落入海中。這篇報導後面簡短介紹英格斯先生長期在中國服務的傑出事跡。

這個消息讓我感到很不舒服。依我看來，英格斯先生的死，背後絕對有邪惡的動機。我一點也不相信那是一樁意外。英格斯先生遭到謀殺，而他的死，毫無疑問是萬惡的四大天王的傑作。

我看到報導，震驚得無以復加，不禁在腦海裡反覆思索，這時我注意到坐在對面的男子，他的舉動很不尋常，令我大吃一驚。直到剛才，我都沒有注意到他的存在。他是個瘦瘦的黑髮中年男子，膚色蒼白，鬍鬚小而尖。他靜靜坐在我對面，我幾乎不曾發現他的到來。但他的舉止絕對異於常人。他往前靠過來，故意幫我倒鹽巴，在我的盤子周圍倒出小小的四堆鹽巴。

「請原諒我，」他用憂鬱的語氣說，「有道是，幫陌生人倒鹽，等於是幫助他們節哀。那真的是萬不得已，我也很不願意。總之我希望你能夠理性一點。」

然後他若有所指似的，也在自己的盤子上倒鹽巴，倒出來的字很明顯是『4』，誰都不會看走眼。我充滿疑惑地看著他。我看不出他和譚博頓的兒子有什麼相似的地方，也不覺得他像馬伕詹姆士，更不像我們遇見過的其他角色。儘管如此，我還是認為他就是令人生畏的四號本人。他的嗓音確實有點像巴黎那位鈕釦扣到最上面的陌生人。

我四處看了一下，不太確定接下來要採取什麼行動。他看穿了我的心思，對我微微一笑，輕輕搖搖頭。

「我建議你還是不要，」他說，「記得你在巴黎倉卒行動的後果嗎？我向你保證，我絕對有退路可走。容我這麼說，海斯汀上尉，你的想法實在不夠周密。」

「你這個惡魔，」我憤怒得喘不過氣。「你這個惡魔的化身！」

「你動怒了，沒有必要動怒嘛。你可憐的朋友如果還在世，一定會告訴你，保持冷靜的人才會取得上風。」

「你竟敢提到他，」我大叫，「他被你無情地謀殺掉，你還這樣說他，還敢跑來這裡……」

他打斷我。

「我來這裡是有一個和平而高尚的目的，就是要建議你即刻返回南美洲。如果你這麼做，四大天王的事情便就此結束。你和你的家人都不會受到騷擾，我向你保證。」

我輕蔑地笑了起來。

「好專制的命令喔！如果我拒絕呢？」

「這不是命令。我們姑且稱之為……警告吧？」

他的語氣帶有一種冰冷的要脅意味。

「第一次警告，」他柔和地說，「勸你不要置若罔聞。」

在我對他的意圖還沒搞清楚時，他已經起身迅速走向門口。我一躍而起，立刻想跟過去，可惜運氣不佳，這時正好有個體型極為碩大的男子站在我和隔壁桌之間，我一頭撞上。在我還來得及脫身之前，我的獵物正通過門口，結果又來了一個服務生擋住我，他手上端了一大疊盤子，冷不防就撞在我身上。等我走到門口，留著黑鬍子的細瘦男子早就不見人影。

服務生不斷道歉，令人生厭，胖子則若無其事地坐下，點他的午餐。沒有任何跡象顯示這兩件事不是純屬意外，儘管如此，我還是認為其中必有蹊蹺。我很清楚，四大天王的手下無所不在。

不用說，他給我的警告我根本不屑一顧。如果要我停止這項行動，我寧可一死。我刊登的廣告，只有兩人回應，但都未能提供任何有價值的消息，他們都曾經是和科勞德·達瑞一起演戲的演員，但都和他不是很熟，因此對於他的身分和目前去向也沒有新的發現。

直到十天後，四大天王才又現身。我正好經過海德公園，陷入沉思，這時一個帶有外國口音、具有說服力的聲音叫住了我。

「海斯汀上尉，對吧？」

一輛大房車正停靠在人行道邊，裡面一名女子探出頭來。她穿著華麗的黑衣，戴著精美的珍珠，我認出她就是一開始以薇拉．羅薩柯夫伯爵夫人身分出現的女子。她後來成了四大天王的手下，用過了幾個不同的假名。白羅不知為什麼，一直暗中喜歡她。她誇張的打扮吸引了白羅。他總是喜孜孜地說她是萬中選一的女人。她和我們對立，與我們最可恨的敵人站在同一邊，但這一點從來都沒有影響到他對她的評價。

「啊，別走嘛！」伯爵夫人說，「我有很重要的事情要告訴你。別想笨到叫人來抓我。你一直就是這個樣子，有點笨笨的……對，對，沒錯。我們在警告你，你卻一直置之不理，真是愚蠢。這是我第二次給你警告。立刻離開英格蘭。你在這裡也不會有什麼好處，我是實話實說，你什麼事情也完成不了。」

「照你這麼說，」我口氣僵硬。「何必這麼急著要我出國？這似乎有點不尋常吧。」

伯爵夫人聳聳肩，她肩膀是很漂亮，姿勢也很優美。

「就我來說，我認為這麼想也是很笨，那就讓你自己一個人玩個盡興吧。不過我告訴你，我們上面的人很擔心，害怕你透露某些事情，會對比你聰明的人有很大的幫助。所以才要把你驅逐出境。」

伯爵夫人似乎高估了我的能力。我極力掩飾內心的惱怒。毫無疑問，她採取這種態度，目的就是要激怒我，讓我覺得自己一無是處。

「當然啦，要除掉你，也相當簡單，」她繼續說道，「只是我這個人比較重感情。我幫你說過好話。你可愛的老婆是不是在什麼地方啊？如果能讓那個可憐小矮子知道你不會被殺死，他地下有知也會高興。你也知道，我一直很欣賞他。他很聰明，可惜聰明反被聰明誤！要不是我們四個對上他一個，不然我相信自己一定打不過他。我坦白承認好了，他是我最崇拜的人！我還送了一個花圈到他的葬禮上，表達我對他的仰慕。我送的是一個深紅色玫瑰的大花圈——深紅色玫瑰代表我的性情。」

我一聲不吭聽著，愈來愈覺得不是滋味。

「驢子把耳朵伸向後面想踢人的時候，就是你這副德性。好了，已經給你警告了，你記住，第三次警告，就要輪到『毀滅者』出動了……」

她做了個手勢，然後車子迅速揚長而去。我自動記下車牌號碼，不過並沒有預期會找出什麼結果。四大天王在細節方面向來都很小心。

我回到家時，還有一點清醒。從她喋喋不休的話中，浮現了一件事實：我的生命危在旦夕。儘管我百般不願放棄這場戰爭，我認為還是有必要小心行事，採取任何可能的預防措施。

在我重新檢視所有的線索、並且尋找最佳的行動方向時，電話鈴聲響起。我走過去接起電話。

「喂。哈囉。你是誰？」

對方的聲音沙啞。

「這裡是聖蓋爾斯醫院。我們這裡送來一個中國人，他在街上被人砍殺。他快要死了。我們在他的口袋裡找到一張紙，上面有你的姓名和住址，所以才打電話通知你。」

我大為震驚，但在經過一陣考慮後，還是決定即刻前往。我知道聖蓋爾斯醫院就在碼頭附近，所以我想到那個中國人可能剛下船。

在前往醫院的途中，我突然懷疑，這是不是陷阱？不管這個中國人是誰，可能都是李昌彥的手下。我還記得請君入甕那件事。這會不會又是敵人使出的一個花招？稍微考慮過後，我覺得走一趟醫院應該無妨。這一次不見得是個詭計。垂死的中國人會對我透露一些事情，讓我能夠採取行動，直搗四大天王巢窟。我不該排除任何可能性，只要私底下保持警覺，表面上假裝相信。

一抵達聖蓋爾斯醫院表明來意後，馬上有人帶我到急診室那名中國人的床邊。他一動也不動地躺著，眼皮緊閉，胸部微微起伏，顯示他還有呼吸。有位醫生站在床邊，用手指測量他的脈搏。

「他差不多了。」他低聲告訴我。「你認識他嗎？」

我搖搖頭。

「我從來沒見過這個人。」

「既然如此，為什麼他要把你的姓名和住址放在口袋裡？你是海斯汀上尉，對吧？」

「對，不過我對他所知不會比你更多。」

「真奇怪。從他的文件看來，他好像曾經服侍過一個叫作英格斯的人，英格斯是個退休的公務員……啊，你認識？」他很快接著說，因為我一聽到英格斯的名字嚇了一跳。

英格斯的傭人！這麼說來，我以前的確看過他。我本來就不大會認中國人的長相。他一定是和英格斯一同前往中國，途中英格斯遭遇不測，他才帶著訊息重回英格蘭，而這個訊息可能是給我的，事關重大，我非知道不可。

「他還有沒有意識？」我問，「能說話嗎？英格斯是我的一個老朋友，我覺得這個可憐人是幫我為他捎來音訊。英格斯十天前據稱從船上失足落海。」

「意識是還有，不過有沒有力氣開口，我倒很懷疑。他失血過多，你知道吧。我當然可以給他注射興奮劑，但我們已經盡全力維持他的生命跡象。」

儘管這麼說，他還是為那中國人打了一針，我待在床邊，在絕望中希望能聽到一個字，或是一個手勢，能為我的調查行動提供至高無上的價值。然而，時間一分一秒飛奔而去，他還是毫無動靜。

突然間，我腦海裡閃過一個惡毒的念頭。該不會是我已經落入圈套了吧？如果這個中國人只是假扮英格斯的僕人，其實卻是四大天王的手下，那該怎麼辦？我不是唸過一些資訊，說有些中國道士能夠裝死嗎？更甚者，還有一小群狂熱份子可能追隨李昌彥，隨時願意聽從主子的命令慷慨赴義。我一定要提高警覺。

就在這些念頭閃過我的腦海時，床上的人有了動靜。他睜開雙眼，喃喃說出一些沒有意義的話。這時我看到他的眼神緊盯著我。我看不出他有認出我的跡象，不過我立刻察覺到，他是想對我說話。不管他是敵是友，我都一定要聽聽他想說什麼。

我傾身靠向病床，可惜他說話的字句既破碎又不連貫，害我根本聽不懂。我想我聽到了「hand」（手）這個字，不管前後文是什麼，我都搞不清楚。然後他再度開口，這次我聽到另外一個字 Largo（極緩板）。我訝異地看著他，想到這兩個字組合起來的意義。

「韓德爾（Handel）的極緩板嗎？」我問。

中國人的眼皮急速翻動，彷彿是同意我的說法，之後，他又說了 carrozza 這個義大利文。接著我又聽到兩三個義大利文，這時他就突然向後倒下去。

醫生將我推到一邊。一切都結束了，他已經死了。

我走到外面透氣，心中充滿疑惑。

韓德爾的極緩板，加上一個 carrozza。如果我沒記錯，carrozza 是馬車的意思。這幾個簡單的字，背後究竟代表什麼意義？他是個中國人，又不是義大利人，怎麼會說義大利文？當然，如果他是英格斯的僕人，應該會講英文才對吧？整件事令人匪夷所思。我在回家的路上不停思索。噢，要是白羅還在的話該有多好！他一定可以用他那閃靈智慧解決謎題。

我用鑰匙打開門鎖，慢慢走上自己的住處。桌子上有封信，我隨意撕開，不過才一會兒，我就只能呆呆站著看信。

那是一份律師事務所寄來的信件。

親愛的先生：受到已故客戶赫丘勒．白羅先生之託，我們附上一封信。他於去世前一星期交給我們這封信，交代說如果發生意外身亡，要在他過世後的某一天寄給你。

謹此

我把附在裡面的信翻過一遍又一遍，毫無疑問是白羅寫的。我對他的筆跡很熟稔，絕對錯不了。帶著沉重的心，還有一絲期待，我把信封打開。

我親愛的朋友：

當你收到這封信的時候，我已經不在了。別為我掉淚，只要依照我的指示去做就好了。你收到這封信後，立刻返回南美洲。別冥頑不靈了。我要你走這一趟，沒有什麼感情的因素。這一趟有其必要性。這是赫丘勒．白羅計畫中的一部分。沒有必要多說什麼，像我朋友海斯汀這麼聰敏睿智，應該不用多說了。

祝四大天王沒有好下場！老弟，我從墳墓底下向你致敬。

謹此

赫丘勒・白羅

我再三反覆閱讀這份訊息。有件事很明顯，就是這個神奇的人物行事非常周密，連死後你都無法阻止他進行計畫！由我來行動，他則是指揮的天才。毫無疑問，我可以在海外獲得完整的指示。這麼一來，我的敵人會認為我已聽從他們的警告，於是會停止騷擾我。我可以回到南美洲，絲毫不受懷疑，然後從中破壞他們的計畫。

我立刻出國，沒有什麼延誤。我發出電報，訂了船票，一星期後就搭上安松尼亞號，前往布宜諾斯艾利斯。

船正要離開港口時，一名服務員替我捎來一封信，經他解釋，是一個身穿皮草外套的肥胖紳士給他的。這名紳士在舷梯移開之前下了船。

我打開來看，裡面的字句簡潔扼要。

上面寫著「算你聰明」，簽名是一個大大的「４」。

我可以開懷大笑了！

海面風浪不是太大。我享用了一頓還算可以的晚餐，觀察了船上的乘客，打了場三戰兩勝的橋牌，這才回到房間沉沉睡去。每次上我船都睡得很熟。

醒過來時發現有人不斷搖動我的身體。我頭腦既昏沉又困惑，看到船上一位軍官正低頭看我。我一坐起身來，他便如釋重負般地嘆了一口氣。

「感謝上帝，終於把你叫醒了。這份工作真辛苦。你每次睡覺都睡成那樣嗎？」

「怎麼了？」我問。我還是沒有完全清醒，腦袋裡依舊充滿疑惑。「船出了什麼問題嗎？」

「我還等你來告訴我發生了什麼事情咧，」他一本正經地回答。「海軍總部發布特別指示，將派遣一艘驅逐艦來迎接你。」

「什麼？」我大叫，「在汪洋大海中？」

「聽起來是非常離奇沒錯，但這也不是我管得著的事。他們派一位年輕人來頂替你的位置，我們也都發誓要嚴守祕密。能不能請你起床著裝？」

我完全無法掩飾驚訝，他說什麼我就照做。他們放下一艘小船，把我接駁到驅逐艦上。艦上的人很有禮貌地接待我，不過並沒有獲得進一步的訊息。指揮官指示將送我到比利時海岸的某一地點。到了比利時，他所知的事情和責任就到此為止。

整件事就像一場夢。我堅持一個想法，那就是，這一切必然是白羅計畫中的一部分。我必須盲目地往前走，信任已經往生的摯友。

他們將我安全送抵上述的地點，當地有輛汽車在等著，很快我就坐上車，橫渡法蘭德斯平原。當天晚上，我在布魯塞爾一家小旅社過夜。隔天我們繼續趕路。一到鄉下，風景丕變，樹林連綿，山丘起伏。我知道我們正要進入阿登高地，突然想起白羅說過，他有個弟弟住在史巴。

然而我們並沒有前往史巴。我們駛離大馬路，開進丘陵裡濃密的樹林中，最後抵達一個小村莊，來到丘陵高處一間獨棟的白色別墅。車子就在別墅的綠色大門前停了下來。

我跳下車時，大門打開來，一名老年僕人站在門口鞠躬。

「海斯汀上尉嗎？」他用法文問道。「海斯汀上尉有請，請跟我來。」

他帶著我走過大廳，推開後面的一扇門，站在一旁讓我進入。

我稍微瞇了一下眼睛，因為房間朝西，下午的斜陽直射進來。後來我的視線總算恢復正常，一下子看到有人正伸出雙手，準備歡迎我。

他是……不可能吧，不會是吧……沒錯！

「白羅！」

我大喊，頭一次沒有想躲開被他擁抱的念頭。

「沒錯，沒錯，真的是我！要殺死赫丘勒．白羅可沒那麼簡單！」

「可是，白羅，為什麼？」

「這是項戰略，老弟，是一項戰略。我們已經準備就緒，即將進行大反撲。」

「但是，你也該早點告訴我吧！」

「不行，海斯汀，我沒辦法告訴你。儘管再過一千年，你也絕不會、萬萬不會在葬禮上表演得那麼逼真。哭得那樣淋漓盡致。這麼一來，四大天王就不會起疑心了。」

「可是，你害我……」

「別把我看作是冷酷無情的人。我之所以布下騙局，部分是因為你的緣故。我很願意拿自己的生命來冒險，不過若一直讓你也冒險，我實在無法心安。所以，在爆炸案後，我想到了一個聰明絕頂的點子。多虧理吉威好心幫我執行。我死了，你也回到南美洲。可是，老弟，你就是不肯配合。最後，我只好託律師帶給你一封信，裡面說了一大堆廢話。但不管怎麼說，你能來真是太好了。現在我們就靜靜等著，等待時機一到，我們便發動最後一擊，推翻四大天王！」

17 四號小勝一場

我們待在阿登高地安靜的度假別墅中，冷看國際情勢的發展。我們的報紙不虞匱乏，每一天白羅也會收到一個鼓鼓的信封，顯然是某種報告。他從來都沒讓我看這些報告，但我通常可以從他的舉止中猜出內容是不是令他滿意。他的信心堅定，一直認為我們目前進行的計畫，是唯一可能獲得成功的計畫。

「海斯汀，有件小事，」他某天說，「就是我過去一直都很擔心，害怕你有天會死在我家門口，我真的很緊張，就像稍有動靜就躲避的貓咪。但現在我很放心。即使他們發現抵達南美洲的海斯汀上尉是個冒牌貨（我認為他們不會發現，也不可能派一個認識你長相的人跟蹤過去），他們也會認定你耍聰明甩掉了他們，而不會太認真去尋找你的下落。最為關鍵的一件事，就是我已經身亡，而他們堅信不疑。他們會繼續完成原定的計畫。」

「然後呢？」我急著問。

「然後，老弟，赫丘勒．白羅就要鄭重地重出江湖！我要到最後一刻才現身，讓所有人丈二金剛摸不著頭腦，再以我獨一無二的手法獲得最後的勝利！」

我很清楚，白羅的虛榮心是市面上包裝最堅固耐用的一種，任你怎麼敲打都毫髮無傷。我提醒他，我們的對手曾有一兩次占了上風。不過我早該知道，赫丘勒．白羅對自己的計策興致勃勃，不可能稍有退讓。

「海斯汀，這就好比打牌玩的小把戲，你一定知道吧？你拿出四張紙牌，加以分開，一張放在整副牌的上面，一張放在下面，將整副牌分開再洗牌後，四張又結合在一起。我的目標就是這樣。到目前為止，我針對四大天王的個人進行挑戰，但現在我要將他們集中起來，就像集合四張紙牌一樣，然後給予致命的一擊，他們就要毀在我手裡了！」

「你覺得要怎麼做才能把他們湊合在一起？」我問。

「等待黃金時機。我們按兵不動，等到他們準備好進行攻擊時再出兵。」

「可能要等上很久喔。」我抱怨。

「海斯汀啊，你就是耐不住性子！錯了，不會等太久的。他們害怕的人是我，而我已經被除掉了。我猜最多只要再等上兩三個月。」

說到某人被除掉，不禁讓我想起英格斯和他不幸遇難的事，我想起我從來都沒告訴過白羅，我在聖蓋爾斯醫院遇見的那位垂死的中國人。

他專注地聽我描述。

「英格斯的僕人嗎？他說的幾個字都是義大利文？怪事。」

「所以，我才懷疑可能是四大天王在故布疑陣。」

「海斯汀，你的推論錯了。動動你的灰色腦細胞。如果敵人希望欺騙你，他們會要那個中國人說的是你聽得懂的洋涇濱英語。不對，他說的話如假包換。他說了什麼，你再告訴我一遍。」

「首先是提到韓德爾的極緩板，然後他說了一個聽起來像 carrozza 的字。carrozza 意思是馬車，對吧？」

「沒有其他的了？」

「只有最後喃喃說出卡拉（Cara）還是什麼的，好像是女人的名字；還有季雅（Zia），我猜。但我認為這和其他的話不會有所關聯。」

「海斯汀，你不應該這麼認為。卡拉．季雅很重要，非常重要。」

「我看不出——」

「親愛的老弟啊，你何時看出什麼來？反正你們英國人一向不懂地理。」

「地理？」我大叫。「這和地理有什麼關係？」

「我敢說庫克船長可能會比較了解。」

和往常一樣，白羅拒絕再說下去。這是他最惹人嫌的招數。不過我也注意到，他的情緒變得極為喜悅，彷彿已經先馳得點似的。

又過了幾天。在此處，日子過得是很舒適，就是有點單調。別墅裡有很多書籍，四處走走也很愜意，只是我有時候很不高興，因為我們被迫待在這裡無法行動。看到白羅能夠始終平靜而心滿意足，我也感到羨慕。我們平靜的生活沒有一絲波浪，直到六月底，也就是白羅提過的期限時，我們才接到四大天王的消息。

某天早上，一輛車子開到別墅前，對我們平靜的生活而言，這是不尋常的事，所以我趕緊前去滿足我的好奇心。有個面貌英俊、和我年紀相當的青年，正在和白羅交談。

白羅將我介紹給他。

「海斯汀，這是哈維上尉，是貴國最知名的情報員之一。」

「恐怕一點也不知名。」青年愉悅地大笑。

「應該說，消息靈通的人都知道你的大名。多數友人都認為哈維上尉為人和善，就是不太用大腦，整天就只想跳狐狸的舞步——還是怎麼說來著？」

我們都笑了起來。

「好了好了，該談正事了，」白羅說，「你們認為時機成熟了，是吧？」

「先生，我們很確定。中國過去在政治上遭受孤立，如今那裡發生什麼事，沒人知道。沒有任何消息、電報來告，我們聽到的除了空白一片之外，還是空白一片！」

「李昌彥已經出招，其他人呢？」

「艾伯・瑞蘭德一星期前抵達英格蘭，昨天前往歐陸。」

「奧莉維爾夫人呢？」

「奧莉維爾昨晚離開巴黎。」

「去義大利嗎？」

「是去義大利沒錯。就我們所能判斷的，他們兩人正前往你所指出的度假別墅，只是，你是怎麼知道——」

「啊，這一點，我可不敢居功！那是這位海斯汀先生的傑作。你知道，他這個人一向深藏不露。」

哈維以讚賞的眼光看著我，害我覺得相當不舒服。

「這麼說來，一切都妥當了，」白羅說，他的臉色蒼白，神情一派正經。「時候到了，一切都安排好了嗎？」

「你指示的所有事項都已經辦好。義大利、法國和英格蘭的政府全都支持你，全都合作無間。」

「稱得上是新的大和解，」白羅的語氣不帶感情。「迪哈度終於相信了，我很高興。太好了，這麼一來，我們可以開始行動了——或者應該說，輪到我行動了。你，海斯汀，就留在這裡，沒錯，拜託你了。我是說真的，老弟，我是認真的。」

我相信了他，但是就這樣被留下來，我可不會善罷干休。我們小小爭論了一下，改變了決定。

我們上了火車，向巴黎急駛而去，他向我承認，其實他私底下很高興我做的決定。

「海斯汀，因為有個角色要你來扮演，而且是個重要的角色！沒有你，我很有可能會鎩羽而歸。話是這麼說，我還是覺得有責任要求你留守……」

「照你這麼說，這行動很危險囉？」

「老弟，有四大天王的地方就有危險。」

我們一抵達巴黎就驅車穿越東方公園，白羅終於說出目的所在。我們要前往的地方是波贊諾和義大利的提洛爾。

哈維不在車子裡的時候，我趁機問白羅，為什麼說發現他們藏身之地是我的功勞。

「因為本來就是啊，老弟。英格斯是怎麼弄到這個消息的，我不知道，不過他的確弄到手了，而且還派傭人來傳達訊息。我們要前往的地方叫作卡樂西（Karersee），義大利原名是卡樂薩（Lago di Carrezza）。你現在該知道 Cara Zia 是怎麼來的，還有 Carrozza 和 Largo（極緩板）。至於韓德爾（Handel）只是你想像出來的。可能是因為他指的是消息出自英格斯先生的『hand』，所以你才聯想出其他一串東西。」

「卡樂西？」我問。「從來沒聽過。」

「我不是告訴過你嗎，你們英國人都不懂地理。卡樂西其實是個知名度很高、非常漂亮的避暑勝地，海拔四千英尺，位於多羅邁特山深處。」

「四大天王聚會的場所就在這麼偏遠的地方嗎？」

「應該說是他們的總部。他們已經顯露出跡象，有意銷聲匿跡，從深山發布命令。我已經做過功課了，當地開採了不少礦石，負責開採的公司，顯然是一家義大利的小公司，事實上是由艾伯．瑞蘭德經營。我可以發誓，那座山的中心已經被掏空，建造了一個地下住所，既隱祕又難以接近。該組織的領導人物從裡面發電報，對手下發布命令，而手下在每個國家都數以千計。全世界的獨裁者將在多羅邁特山的峭壁裡誕生——我的意思是，如果沒有赫丘勒．白羅的話，他們即將誕生。」

「白羅，這一點你是當真相信？那麼軍隊和一般文明的機制呢？」

「海斯汀，那在俄羅斯又怎麼樣？這個組織會比俄羅斯大上好幾倍，而且還有額外的威脅，就是奧莉維爾夫人的實驗其實已經有長足進展，只不過她不願公布而已。我相信她某種程度上已經成功釋放出原子能，用來遂行個人的野心。她以空氣中的氮氣來做實驗，結果非常成功，她也集中無線電能源來進行實驗，讓密度極高的能源束集中在某一點上。究竟她的實驗進展到什麼程度，沒人知道，不過能夠確定的是，它的進展比對外公開的還要多。這個女人，她是個天才，居禮夫婦根本是小巫見大巫。有了她的天分，再加上艾伯．瑞蘭德無窮盡的財富，然後又有李昌彥以全球最精密的犯罪頭腦來指揮規畫，這麼一來，文明世界就有好戲看了。」

他的話讓我想到很多事情。儘管白羅有時候喜歡誇大其詞，但看來他也不盡然是杞人憂天。我頭一次理解到，我們面臨的是一場殊死戰。

哈維很快就回來，我們也繼續趕路。

我們大約在正午時分抵達波贊諾，之後的路都要搭汽車。在波贊諾的中央廣場，有幾輛藍色的大車在等人，我們三人走進其中一輛。儘管豔陽高照，白羅還是用大衣和圍巾包住口鼻，耳朵也只看得見尖端。

他這麼做，我不知道是為了預防萬一，還只是過度擔心會著了涼。車子開了幾個小時，沿路景色優美。前半段路途，車子在高大的峭壁間繞行，一度還看見細水長流的瀑布。然後我們開進一個蓊鬱的山谷，行駛了幾英里，車子便穩定向上爬升，開始可以見到山頂上的禿岩及岩石下面濃密叢集的松樹；整個地方饒富野趣。最後連續幾個急轉彎，只見馬路兩旁淨是松樹，我們便突然來到一間大旅館，我才知道這就是目的地。

已經有人幫我們預定房間，在哈維帶路之下，我們直接上樓。從我們的房間可以俯視岩峰以及通往山頂長長的松樹斜坡。白羅對著山頂做了一個手勢。

「就在那邊嗎？」他壓低聲音問。

「是的，」哈維回答，「那邊有個地方叫作費勝迷宮，到處都是巨大的岩石，以極為奇特的方式堆疊在一起，有一條小徑蜿蜒其中。採石場在右邊，不過我們認為入口可能就在費勝迷宮。」

白羅點點頭。

「來吧，老弟，」他對我說，「我們下去坐在台階上，享受陽光。」

「你覺得妥當嗎？」我問。

他聳聳肩。

陽光很亮麗，對我來說是有點太強烈了。我們沒有喝茶，改喝一些加了不少奶精的咖啡，然後上樓打開東西不多的行李。白羅陷入沉思，我知道這個時候最好不要去吵他。有一兩次他搖搖頭還嘆氣。

我們在波贊諾搭火車時有人下車，隨後被私家汽車接走。這個人讓我覺得很有意思。他身材矮小，吸引我注意的是他包得幾乎和白羅一樣緊密。除了大衣和圍巾外，他還戴著大型的藍色眼鏡。我當時很確定，他是四大天王派來的。我的想法，白羅似乎不太贊同。然而，我從臥室窗戶向外看的時候，發現那個人正在旅館附近散步。我向白羅報告，他才願意承認可能有點不對勁。

我要求白羅不要下樓用餐，但他還是堅持要下去。我們很晚才進入餐廳，服務生帶我們到一個靠窗戶的桌子。我們一坐下來，就聽到有人大叫，接著是瓷器落地碎裂的聲音，原來是我們隔壁桌的一名男子。服務生在他身上弄翻了一盤法國扁豆。

經理連忙過來，連連道歉。

這個時候，剛才犯錯的服務生在幫我們送湯，白羅開口對他講話。

「真是個不幸的意外，但也不能怪你。」

「先生你看到了？就是啊，根本不是我的錯。那位紳士正好起身到一半……我以為他什麼病發作了，結果事情就發生了，我也來不及反應。」

我看到白羅的眼睛閃爍出我熟悉的綠色光芒。服務生要離開時，白羅低聲對我說：「海斯汀，你現在了解赫丘勒・白羅現身的影響力有多大了吧？」

「你是認為……」

我還來不及接下去，就感到白羅的手放在我的膝蓋上，很興奮地悄悄說：「你看，海斯汀，快看。他在沾麵包屑！四號！」

沒錯，坐在我們鄰桌的那名男子，臉色異常蒼白，正在用一小塊麵包機械式地四處沾著桌子。

我仔細觀察著他。他沒有鬍鬚，臉孔浮腫，略有病容，眼袋沉重，鼻子到嘴角有深深的皺紋。他的年齡在三十五到四十五之間，看不出和四號之前扮演的角色有什麼雷同之處。說實在的，要不是他有沾麵包屑的習慣——這個習慣顯然他自己也沒察覺——我會斬釘截鐵說從未見過這個人。

「他認出你了，」我喃喃地說，「你不應該下來的。」

「我睿智的海斯汀，我裝死裝了三個月，目的就在於此啊。」

「故意要嚇壞四號嗎？」

「在他必須盡快採取行動或完全按兵不動的時候，好好嚇他一跳。我們現在占了一大優勢，因為他不知道我們已經認出他來。他以為這個新的偽裝很安全。我真的很感謝芙羅絲・

夢露告訴我們他的這個小小癖好。」

「現在該怎麼辦？」我問。

「還能怎麼辦？他認出了唯一讓他害怕的人，因為這個人奇蹟似的死後復活，而這個時候四大天王的計畫正在順利進行中。奧莉維爾夫人和艾伯・瑞蘭德今天也來過這裡用午餐，有人以為他們是前往科蒂那，只有我們知道，他們已經退居藏身之地。我們知道多少了？這個當下，四號一定在問自己這個問題。他不敢冒險，他們必須不計一切代價將我制伏。太好了，讓他試看看能不能制伏赫丘勒・白羅！我就等他來！」

他還沒說完，隔壁桌的男子已起身離去。

「他去安排事情了，」白羅語調平靜。「要不要到台階上喝咖啡，老弟？我覺得那樣比較舒服。等我上樓拿件外套。」

我走到台階上，心情有點煩躁。儘管白羅向我保證，我還是無法安心。然而，只要我們提高警覺，就不會發生什麼事。我決定全面保持警戒。

五分鐘後，白羅才下來坐在我身邊。他和往常一樣用心保暖，圍巾圍到了耳朵。然後他坐在我身邊細細品嘗咖啡。

「只有在英格蘭，咖啡才那麼令人退避三舍，」他說，「在歐陸，他們都知道咖啡要好好煮，因為那對消化器官很重要。」

他還沒說完，隔壁桌的男子突然出現在台階上。他毫不遲疑，一過來就拉張椅子，和我們坐在同一桌。

「我加入你們這一桌，你們不反對吧？」他用英文說。

「當然不反對了，先生。」白羅說。

我如坐針氈。現在我們是坐在旅館的台階上沒錯，四周都是人，但我還是不太放心，總感覺到危機四伏。

這時候，四號用稀鬆平常的態度和我們聊起天來。要說他其實不是道地的觀光客，還真難令人相信。他描述了短程旅行和開車旅遊的經驗，裝得像是這一地區的觀光權威。

他從口袋裡取出菸斗，點上菸。白羅從他的盒子裡取出小香菸，叼在嘴上，這時這名陌生男子拿著火柴傾身向前。

「我幫你點。」

他還沒說完，所有的光線都瞬間消失，一點預警也沒有。我聽到有玻璃破碎的聲音，鼻子下面還有濃烈的氣味，我窒息了過去……

18 費勝迷宮

我失去意識的時間，頂多不超過一分鐘。清醒過來時，有兩名男子將我架在中間前進。他們將我的手臂搭在肩膀上，支撐我的重量，在我嘴巴裡塞了東西。四下伸手不見五指，但我猜想我們並不在室外，而是正在通過旅館。我聽到四處有人大叫，各種語言都有，一直問燈光怎麼了。抓住我的男子架著我走下樓梯，經過一個地下室的通道，走過一扇門，再度通過一扇玻璃門走出室外，來到旅館後面。過沒多久，我們便來到松樹的樹蔭下。

我瞥見有人也和我一樣被架著走——原來白羅也被反將了一軍。

四號膽大妄為，打敗了我們。根據我推測，他使用的是一種立即發生作用的麻醉劑，可能是乙基氯化物。他在我們鼻子下捏破毒氣球，然後趁黑暗中一片混亂，可能一直坐在旁邊的助手便在我們嘴巴裡塞東西，趕快將我們帶開，穿過旅館，讓追兵搞不清楚去向。

接下來一個小時的經過，我無法描述。我們快速通過樹林，三步併作兩步，一路上都是上坡。最後我們來到山邊空曠的地方，眼前不遠處聚集了一堆奇岩巨石。

哈維說的費勝迷宮一定就是這裡。過沒多久我們就穿梭其間，看起來就像邪惡精靈設計的迷宮一樣。

我們突然停了下來，有一顆巨石擋住了去路。其中一人停下來，好像按下什麼東西，巨石就不聲不響地打開了，露出一條像隧道般的小開口，裡面通往山邊。

他們催促我們走進去。有一段路，隧道很狹窄，但現在開闊了不少。沒有多久，我們就來到一個很寬敞的石室，裡面有電燈。隨後他們取出我們嘴裡的東西。四號面對我們站著，臉上掛著揶揄的勝利神采，在他的指示下，我們被搜身，口袋裡的東西全部被取走，包括白羅的小型自動手槍。

手槍被扔在桌上時，我心中感到一陣劇痛。我們被打敗了！他們人多勢眾，我們毫無反擊的機會。遊戲結束了。

「歡迎光臨四大天王的總部，赫丘勒・白羅先生，」四號以揶揄的口氣說，「能和你再度見面，真是意想不到的榮幸。從墳墓裡復活，為的就是這個，這值得嗎？」

白羅並未回答。我連一眼也不敢看他。

「跟我過來，」四號繼續說，「你的大駕光臨，會讓我的同事嚇一跳。」

他指著牆上一道狹窄的入口。我們通過門口，來到另一個房間。房間的最末端有張桌子，後面擺了四張椅子。最後面的椅子空著，上面卻鋪了一件官吏的斗篷。第二張椅子上面坐了艾伯．瑞蘭德先生，正抽著雪茄。第三張椅子上坐的是奧莉維爾夫人，她向後靠在椅背上，眼神熾熱，臉孔有如修女。四號則坐在第四張椅子上。

我們面對的就是四大天王。

我以前從未感到一切如此真實，也不覺得李昌彥真有其人，如今面對他空出來的椅子才有真切的感受。儘管他人遠在中國，他還是控制並指揮著這個邪惡的組織。

奧莉維爾夫人看到我們，微弱地發出一聲驚呼。瑞蘭德比較能控制住自己，只是移了移雪茄，揚起斑白的眉毛。

「赫丘勒．白羅先生，」瑞蘭德慢條斯理地說道，「真是令人感到驚喜啊。我們還真被你唬住了，以為你已經入土為安——不管了，現在遊戲結束了。」

他的語氣剛毅。奧莉維爾夫人什麼也沒說，不過眼睛十分熾熱，我很討厭她緩緩微笑的模樣。

「各位女士先生，祝你們晚安。」白羅靜靜說。

他的聲音裡有一絲令我訝然的感覺，我不禁看著他。他似乎相當鎮定。但整體看來，是有點異常之處。

之後，我們身後的簾幕傳出聲響，走進來的人是薇拉．羅薩柯夫伯爵夫人。

「啊！」四號說，「我們器重的左右手來了。親愛的女士，你有一位老朋友來看你了。」

伯爵夫人以慣有的敏捷身手轉身。

「我的老天爺啊！」她大叫。「竟然是小矮子！啊！他果真是條九命怪貓！噢，小矮子啊小矮子！你為什麼要蹚這灘渾水啊？」

「夫人，」白羅鞠躬說，「我，就像偉大的拿破崙一樣，站在大軍的這一邊。」

他還沒說完，我就看到她眼睛裡突然閃過一絲懷疑，同一時間，我也發現了什麼——其實剛才我的下意識已經察覺到真相了。

我身旁的男子並非赫丘勒．白羅。

他的長相酷似白羅，極為相似；頭形同樣是呈雞蛋狀，同樣喜歡大步走，體態豐潤。然而，這個人的聲音不一樣，眼睛不是綠色，而是黑色，小鬍子也……那著名的小鬍子……

伯爵夫人的聲音打斷了我的思緒。她向前走了一步，聲音裡充滿興奮。

「你們都被騙了！這個人根本不是赫丘勒．白羅！」

四號發出一聲不敢置信的驚嘆，不過伯爵夫人則彎身向前，一把撕掉白羅的小鬍子。鬍子就在她的手裡，真相大白了。這個人的上唇有一道小疤痕，整張臉的面相為之改觀。

「不是赫丘勒．白羅，」四號喃喃說道，「那這個人又是誰？」

「我知道。」我突然大聲說，隨後驟然停止，害怕因此破壞了好事。

不過，這位我仍然稱為白羅的男子轉身看我，眼神中帶有鼓勵的意味。

「想說什麼就說吧，事到如今也沒有差別了，我的計畫已經成功了。」

「他是阿契勒斯．白羅，」我慢慢說，「是赫丘勒．白羅的雙胞胎兄弟。」

「不可能！」瑞蘭德劈頭就說。不過他已經深受打擊。

「赫丘勒的計畫已經大功告成了。」阿契勒斯平靜地說。

四號一個箭步向前，聲音既嚴厲又具威脅意味。

「大功告成，是嗎？」他咆哮，「你難道不知道，你再過不到幾分鐘就要死了，死了！」

「我知道，」阿契勒斯．白羅沉重地說，「我知道，反而是你有所不知。你無法理解有人願意以生命來換取成功。戰爭期間已經有許多人凜然為國捐軀，而我則準備為全世界慷慨赴義。」

我認為，儘管我完全願意犧牲自己的性命，但我還是希望對方事先和我討論過這件事；然而我也立即想起白羅曾經要求我留守，一想到這裡，我的怒氣才消失。

「你慷慨赴義，對這個世界又有什麼幫助？」瑞蘭德語帶諷刺。

「看來，你們不懂赫丘勒這項計畫的真諦。首先告訴你們，你們的藏身之處早在幾個月前就已經曝光，幾乎所有的觀光客、旅館人員和其他人，他們不是調查員就是情報員。他們已經封鎖了整座山。你們的出路或許不只一條，不過你們還是難逃法網。白羅本人正在外面坐鎮指揮。今晚在我走上台階頂替他的時候，我已經在靴子底下抹上大茴香。獵犬會追蹤我們走過的路，必然會來到費勝迷宮那塊岩石的入口。告訴你，想對我們做什麼，任君高興，重重法網已經蓋在你們身上，你們插翅也難飛。」

奧莉維爾夫人突然大笑起來。

「你錯了。我們還是有辦法可以逃脫，而且和古代的參孫一樣，還可以在脫身的同時毀滅敵人。你們覺得如何啊？」

瑞蘭德盯著阿契勒斯・白羅看。

「要是他在撒謊呢？」他的聲音沙啞。

白羅聳聳肩。

「再過一個小時就要天亮了，屆時你就知道我說的是不是實話。他們應該已經追查到迷宮的入口了。」

他的話還沒說完，就聽到了遠處傳來回響，有一名男子跑進來，語無倫次地大喊。瑞蘭德起身向外走去。奧莉維爾夫人走到房間末端，打開一扇我沒注意到的門。我瞥見裡面有個設備齊全的實驗室，讓我想起巴黎的那間實驗室。四號也起身往外走。他拿著白羅的左輪手槍，交給羅薩柯夫伯爵夫人。

「他們沒有逃脫的機會，」他冷笑。「不過你最好還是拿著。」

然後他再度走出去。

伯爵夫人走過來我們身邊，花了一段時間仔細查看了我旁邊的人。突然間她大笑起來。

「你很聰明，阿契勒斯・白羅。」她揶揄地說。

「夫人，我們來談談正事。還好他們走開了，只剩下我們。你要的數目是多少？」

「我不了解，什麼數目？」

「夫人，你可以幫助我們逃脫。你知道離開這裡的祕密通道。我問你，你要多少？」

她再度笑起來。「矮冬瓜！多到你付不起！拿全世界的錢都休想收買我！」

「夫人，我說的不是錢，我是個有腦筋的人。不過……每個人都有一個數目！為了交換生命和自由，你要什麼，我都可以給你。」

「這麼說來，你是魔術師了！」

「你高興的話，這樣稱呼我也無妨。」

伯爵夫人突然收起胡鬧的態度，以激動不滿的語氣說：「傻瓜，我要什麼！你能幫我向敵人復仇嗎？你能還給我年輕與美麗，以及一顆歡樂的心嗎？你能讓死人復活嗎？」

阿契勒斯．白羅以很奇特的眼神看著她。

「夫人，你要的是哪一個？三選一，隨你便。」

她諷刺地笑笑。

「你是要給我長生不老藥，對吧？少來了。我和你打個交道好了。我以前有個小孩，你去幫我找來，我就放你們走。」

「夫人，我答應你，一言為定。小孩會重回你的懷抱。赫丘勒．白羅說到做到。」

這個怪異的女人又笑了起來，這次笑得又久又歇斯底里。

「親愛的白羅先生啊，我恐怕替你設下了一個小小的陷阱。你做人真好，答應要幫我找回小孩，可是，我正好知道你找不到，所以這只是個片面協議，對吧？」

「夫人，我對著神聖的天使向你發誓，我可以讓小孩重回你的懷抱。」

「我問過你了，白羅先生，你能夠讓死人復活嗎？」

「這麼說來，小孩已經……」

「死了？沒錯。」

他向前走，握住她的手腕。

「夫人，我再度對著你發誓，我可以讓死人復活。」

她看著他，彷彿著了魔。

「你不相信我，但我可以證明我所言不假。去把那本被他們拿走的筆記簿拿過來。」

她走出去將筆記簿拿回來。從頭到尾都緊握著左輪手槍。如果阿契勒斯・白羅是在唬她，我覺得這招成功的機會渺茫。薇拉・羅薩柯夫伯爵夫人沒那麼好騙。

「夫人，打開筆記簿。在左邊的封套裡。沒錯，拿出裡面的相片看看。」

她很好奇地從裡面取出一小張紙，好像是相片。她一看見，立刻驚叫出來，整個人搖搖晃晃似乎快站不住。然後她幾乎是用飛的，衝到白羅面前。

「人在哪裡？人在哪裡？快告訴我，人在哪裡？」

「夫人，還記得協議的條件吧？」

「當然當然，我信任你。趕快，趁他們回來之前快走。」

她抓住他的手，很快地靜靜走出房間。我跟在後面。從外面的房間，她又引導我們走進剛才進來的地道。不過走到岔路時，她轉向右邊。通道出現一個又一個岔路，她繼續帶著我們走，一路上都沒有慢下腳步或有所遲疑，而且還愈走愈快。

「要是來得及就好了，」她喘著氣。「一定要在爆炸之前走到外面。」

我們繼續走。我知道這個地道直接通往山的另一邊，最後的出口一定是在山邊，通往另一個山谷。我臉上汗水直流，不過還是快步走下去。

這時我看見遠處出現一絲日光。愈來愈近了。我看到愈來愈多綠色的草叢。我們撥開草叢勉強走過，終於重回空曠大地。熹微的晨光讓萬物蒙上玫瑰的色澤。

白羅說的封鎖線真有其事。我們一走出來，就有三個人圍了過來，但是他們很快就釋放我們，還發出驚叫。

「快！」白羅大叫。「快，一秒鐘也不能浪費……」

可惜他的話還沒說完就天搖地動起來，隨即傳來一陣巨響，整座山似乎崩潰了，我們被一股腦抛向空中。

§

最後清醒過來時，我躺在一張陌生的床上，房間也很陌生。有人坐在窗戶旁邊。他轉身走過來，站在我的身邊。

是阿契勒斯．白羅……等等，應該是……

一聽到那個大家都熟悉的嘲諷聲，我所有的疑慮都煙消雲散了。

「沒錯啦，老弟，是我。阿契勒斯已經回家了，回到神話之地。其實從一開始就只有我而已。會演戲的人，不是只有四號。在眼睛裡點些深色藥水，犧牲一下小鬍子，加上兩個月前讓我痛苦萬分的一道疤痕，都是為了不要讓眼尖的四號識破。還有最後一招，就是你知悉有這麼個阿契勒斯．白羅，而且還深信不疑！你給了我莫大的幫助，我們能夠反擊成功，一半要歸功於你！整個計畫的重點，就是讓他們以為赫丘勒．白羅還在外面指揮行動。其他的都是真的，包括大茴香、封鎖線等等。」

「為什麼不找一個真正的替身？」

「沒有我在身邊，能讓你一個人出生入死嗎？你不要對我看走眼行不行！更何況，我也希望能透過伯爵夫人來帶我們出來。」

「你到底是怎麼說服她的？你講的故事實在牽強，她怎麼會相信……說什麼能讓死掉的小孩復活。」

「伯爵夫人的洞察力比你好太多了，海斯汀。她一開始被我的偽裝騙過，不過她很快就看穿了。當她說『你很聰明，阿契勒斯．白羅先生』的時候，我就知道她已經猜中了真相。那個時候如果不打出我的王牌，就再也沒有機會了。」

「你說什麼可以讓死人復活都是胡言亂語？」

「沒錯，只不過啊，小孩一直都在我手裡。」

「什麼？」

「沒錯！你知道我的座右銘——有備無患。我一察覺羅薩柯夫伯爵夫人和四大天王有關聯，就開始調查她的過去。我得知她曾經有個小孩，後來據說已經死亡，不過我也發現這份報導有前後矛盾的地方，所以我在想，小孩會不會根本沒死。最後，我終於找到了小男孩，花了一大筆錢才把他救出來。可憐的小朋友差點就被活活餓死。我把他安置在一個安全的地方，有很好的人來照顧他，在新的環境幫他拍照。所以，時機成熟時，我就萬事俱備、大獲全勝了！」

「你真厲害，白羅，厲害到家了！」

「能救出小孩子，我也很高興，因為我過去很仰慕伯爵夫人。要是她被炸死，我一定會很難過。」

「我一直有點不敢問你……四大天王的下場怎樣了？」

「所有的屍體都已經尋獲。四號不太能辨識，因為頭部已經炸成碎片。我真的希望結局不是這樣，要是能夠確定就好了。只是過去的就算了。你看看這個。」

他遞給我一份報紙，上面畫出一篇報導，內容是李昌彥自殺身亡的消息，還指出他最近策畫了一場革命，結果一敗塗地。

「我的頭號大敵，」白羅沉重地說，「真是造化弄人，我和他連見面的機會都沒有。他一得知這裡發生了災難，就採取最簡單的方式尋求解脫。老弟，他的頭腦真行，真好。不過，要是能夠看到四號的臉就好了。假設說，結果……算了，我想得太遠了，他已經死了。沒錯，老弟，我們同心協力迎戰四大天王，打得他們落花流水。現在你總算可以回到可人的妻子身邊，而我呢……我要退休了。我一生難得一見的大案子已經結束。不管以後發生什麼案件，和這次比起來都會顯得平淡乏味。我應該要退休了。可能會去種種南瓜吧，甚至可能會成家立業呢！」

一想到這裡，他開懷大笑起來，不過笑聲中帶有些許尷尬的意味。我希望……矮小的男人都仰慕身材高大、打扮華麗的女人……

「成家立業，」他又說了一遍。「誰知道？」

專文推薦

藏在日常細節中的冒險

楊照（作家）

一開始，就都在那裡了。

一九二〇年，阿嘉莎．克莉絲蒂出版了《史岱爾莊謀殺案》，神探白羅就已經退休了。而且在這個案子裡，藉由敘述者海斯汀的轉述，就鋪陳出克莉絲蒂小說最基本的偵探原則：

「那些看來或許無關緊要的小細節……它們才是重要的關鍵，它們才是偉大的線索！」

「豐富的想像力就像洪水一樣，既能載舟亦能覆舟，而且，最簡單直接的解釋，往往就是最可能的答案。」

「沒有任何謀殺行為是沒有動機的。」

還有，一個不討人喜歡的死者，一群各有理由不喜歡死者、因而也就都有殺人動機的人，這些人彼此之間構成複雜的關係，有的互相仇視，有的互相愛戀，麻煩的是，有些愛人其實貌合神離，有些仇人其實私下愛慕；更麻煩的是，不論是愛或是仇，都有可能是扮演出來的。

一個外來的偵探必須周旋在這些嫌疑者之間，從他們口中獲取對於案情的了解，換句話說，他必須在很短的時間內，搞清楚誰是誰、誰跟誰吵架、誰跟誰偷情，然後判斷誰說的哪一句是實話、哪一句是謊言。常常謊言比實話對於破案更有幫助。

再偷偷透露一下，如果要和小說裡的凶手及小說背後的作者鬥智，就像克莉絲蒂對英國社會的了解，祕訣就在於要去追究小說裡的人物背景，尤其是他們的階級地位。基本上，階級地位愈高、權力愈大、愈有錢者，說的話就愈不要相信。例如在《史岱爾莊謀殺案》中，僕人、園丁說的話遠比有頭有臉的人說的要可信多了。就算要說謊，他們的謊言也比較天真，而且往往出於善良動機。當你歸納線索時，就會知道他們並非故意說謊，那是因為他們的認知受到蒙蔽或誤導，而你慢慢就從這蒙蔽或誤導中被引導到真相。

《史岱爾莊謀殺案》出版那年，克莉絲蒂三十歲，但書稿其實早在五年前就寫好了，畢竟要找到有人願意出版一個看來再平凡不過的家庭主婦寫的小說，並不是那麼容易。

所有和克莉絲蒂接觸過的人，都對於她的「正常」留下深刻印象。她看起來就和她那個年紀的典型英國家庭主婦一樣，害羞、靦腆，只能在社交場合勉強跟人聊些瑣事話題，完全無法演講，甚至連只是站起來對眾賓客說幾句客套話，請大家一起舉杯，她都做不到。她不演講，也很少答應接受採訪，就算採訪到她也很難從她口中得到有趣的內容。她會講的，幾乎都是記者本來就知道、或者自己就可以想得出來的。

例如說白羅這個神探的來歷。克莉絲蒂回答：他應該是個外國人，這樣就能在英國日常生活中看出英國人自己看不出的線索。她自己碰過的外國人，只有第一次大戰剛爆發時到英國避難的比利時人。比利時警察怎麼能跑到英國來？那一定是因為他已經退休了。他有潔癖，所以對於現場會有特殊的直覺，馬上感受到不對勁的地方。一個有潔癖的人，好像應該長得矮小些才相稱，一個矮小有潔癖的人最適當的名字，就是希臘神話裡的大力士「赫丘勒斯（Hercules）」，製造出荒唐的對比趣味。那白羅這個姓是怎麼來的呢？克莉絲蒂很誠實地說：「我不記得了。」

一切都如此順理成章，一切都如此合邏輯，不是嗎？有記者問她怎麼看自己的舞台劇〈捕鼠器〉，創下了英國劇場、甚至全世界劇場連演最多場紀錄的名劇？克莉絲蒂的回答也還是中規中矩，合理合節：那是一齣小戲，在一個小劇院演出，成本很低，任何人想到了都可以帶家人或朋友去看，老少咸宜，並不恐怖，也不特別荒謬打鬧，可是又什麼都有一點，包括恐怖和荒謬打鬧的成分。

她的身上找不出一點傳奇、怪誕色彩，那她為什麼能在五十年間持續寫偵探小說，創造了那麼多謀殺，還創造了那麼多詭計？

首先因為她是女性，以及她的身世，包括她的階級身分，使得她在描寫故事場景時比一般男性作者來得敏感。因為在她之前的偵探推理小說男性作家的階級身分都是高高在上，基本上他們會從較高的角度看社會，比較看不到底層的感受。

而她的婚變以及婚變中遭逢的痛苦，都使她更能體會與觀察，將英國社會的複雜細節融入小說的核心情節，讓探案與線索分析結合在一起。

克莉絲蒂一生結過兩次婚，第一次在一九一四年，婚後不久，丈夫就參加了歐戰，是英國皇家空軍最早一批飛行員。一九二六年，這個丈夫有了外遇，直率地向克莉絲蒂要求離婚，在那之前，克莉絲蒂的媽媽才剛過世，雙重打擊之下，又遇到車子無法發動，克莉絲蒂崩潰了，她棄車而走，忘記了自己究竟是誰，躲進一家鄉間旅館，登記時寫了她心裡唯一有印象的名字——她丈夫情婦的名字。

離婚後，一次在晚宴中，有人提起近東烏爾考古的最新收穫，克莉絲蒂就取消了原定要去西印度群島的計畫，改訂了跨越歐洲到君士坦丁堡的「東方快車」，是的，就是這趟旅程給了她寫《東方快車謀殺案》的靈感。不過更重要的是，在烏爾，她認識了一位年輕的考古學家，比她小十四歲，這個人後來成了她的第二任丈夫。

這位考古學家陪她去參觀在沙漠中的烏克海迪爾城，卻在沙漠中迷路困陷了。幾小時中克莉絲蒂卻沒有一點驚慌不安，當下考古學家就決定要向她求婚。

原來，克莉絲蒂的內心是有這種冒險成分的。要不然她不會兩次選到的，都是喜愛冒險的丈夫，而她本身大概也不會吸引一個在各種危險情境下挖掘古代寶藏的人，讓他願意向一個大他十四歲的女人求婚。

這樣說吧，維多利亞時代後期的英國環境，壓抑限制了克莉絲蒂冒險、追求傳奇的內在衝動，她只好將這樣的衝動寄託在丈夫和寫作上。她一邊陪著第二任丈夫在近東漫走，一邊在小說中寫各式各樣的謀殺與探案。謀殺和探案都是冒險，還有，偵探偵查中做的事——蒐集線索，還原命案過程——其實和考古學家的考掘，如此相似！

克莉絲蒂寫得最好的，正是「藏在日常中的冒險」。她個性中的雙面成分，造就了特殊的偵探魅力。既嚮往非常傳奇，卻又有根深柢固的日常邏輯信念，兩者都在克莉絲蒂的小說中扮演了重要角色。她的謀殺案幾乎都和日常習慣緊密編織在一起，日常環境成了凶手最重要的掩護。有些日常規律明顯地被破壞了，讓我們很自然以為那會是謀殺的線索，沿著這些線索形成了閱讀中的推理猜測，然而白羅早就提醒了，真正重要的反而是那些「細節」，也就是看來像是依隨日常邏輯進行的事，或說藏在日常邏輯中因而不被看重的事，那裡要嘛藏著凶手的核心詭計、煙幕，要嘛藏著凶手致命的破綻。

凶案的構想，就是如何讓異常蓋上日常、正常的面貌，又如何故意將日常、正常予以扭曲，製造假象；那麼偵探要做的，就是如何準確地在日常中分辨出真正的異常，將假的、明顯的異常撥開來，找出細節堆疊起來的異常真相。

此外，克莉絲蒂的小說裡隱藏著極其曖昧的情感價值觀，最典型、最有名的就是《東方快車謀殺案》。透過追查過程，讓讀者知道為什麼凶手要訴諸於這種手段，其動機具有可同情之處，再加上克莉絲蒂對身分階級的觀察，她比較相信或讓讀者相信那些沒有權力、地位的人，隨著偵查節奏去認識可能或必須懷疑的人。克莉絲蒂最擅長營造「多重嫌疑犯」的小說特質，因為讀者在閱讀時必須被迫去認識很多不一樣的人。在她最受歡迎的作品，大概都具備這樣的特質。

當然，她的作品中還有兩個最突出的神探，即白羅和瑪波。白羅是比利時人，但為什麼必須是外國人？這是因為英國人具有高度階級意識，這種觀念一路滲透到所有互動細節，包括人與人之間如何說話。而白羅因為不是英國人，他會發現一般英國人不太看得出來的東西，以及兩個人互動的方法哪裡不正常。至於瑪波為什麼得是老太太？她一如那個年代的老人家，總是靜靜坐著打毛線，因為不起眼，自然讓人放鬆防備，所以瑪波探案的線索都是來自於這樣的互動模式。

然而，白羅有很明顯的優勢，瑪波的身分使她基本上只能進行「靜態」的辦案，案子的空間受到侷限，白羅卻可以跨越各種空間，恣意揮灑。而且白羅擁有警官身分，可以合理出現在各種犯罪現場，瑪波能出現的地方，相形之下就勉強、不自然多了。白羅是明白的outsider，在英國，只要他出現，就會覺得有外人在而感到緊張，於是很容易露出平常不會表現的行為；瑪波則看起來是 insider，但實質上是 outsider，因為總是沒人發現她、當她空氣人。這兩人的探案，是兩個極端。雖然讀者最愛白羅，但克莉絲蒂自己偏愛瑪波勝於白羅。

不管後來的偵探、推理小說發展了多少巧妙詭計，克莉絲蒂卻不會過時，因為她的推理如此密切地和日常纏繞在一起；活在日常中，我們就無可避免被克莉絲蒂的「日常細節推理」吸引，隨時讀來都充滿驚奇趣味。

名家盛讚克莉絲蒂（依推薦時間排序）

金庸（作家）

克莉絲蒂的寫作功力一流，內容寫實，邏輯性順暢，也很會運用語言的趣味。閱讀她的小說，在謎底沒有揭露之前，我會與作者鬥智，這種過程非常令人享受。其作品的高明之處在於：布局的巧妙完全意想不到，而謎底揭穿時又十分合理，讓人不得不信服。

詹宏志（作家、PChome網路家庭董事長）

推理小說在從先輩柯南．道爾等人的發明中出現力量時，誕生了一位《天方夜譚》故事中每天說故事說個不停的王妃薛斐拉．柴德，也就是「謀殺天后」克莉絲蒂，整個世界對聽這些故事才有如此的熱情。他們捨不得睡覺，每天問後來還有嗎、還有嗎，永遠不肯離去，這就是克莉絲蒂對推理小說的最大貢獻。

可樂王（藝術家）

所謂「克莉絲蒂式」的推理小說，就是一場和一個天才的寫作者或高明的恐怖份子在紙上捕掠捉殺的戰事。即便是一列火車、一處飯店或一間酒吧，在克莉絲蒂寫來皆充滿神祕和猜謎。在人生適合的下午裡，我總是一面嚼著口香糖，一面跟著矮子偵探白羅穿梭謀殺現場，克莉絲蒂的推理作品無疑是推理世界中最充滿「魔術性」的小說。

吳若權（作家、節目主持人）

我從小就對推理小說情有獨鍾，克莉絲蒂一系列的作品尤其令我愛不釋手。多年來，閱讀推理小說的經驗讓我覺悟：讀者在文字情節中推展開來的驚嘆，不只是因緣於故事的本身，而是自我性格的投射。從這個觀點來看克莉絲蒂一系列的作品，她簡直就是洞徹人性的算命師。而讀者，在她的文字中，發現了自己無可奉告的命運。

藍祖蔚（國家電影及視聽文化中心董事長）

做過藥劑師，難免懂得毒藥；嫁給考古學家，難免也就嫻熟文明的神祕；再加上曾經失蹤九天，一切不復記憶的離奇經驗，的確提供了寫作靈感，但若少了想像力，那些片羽靈光縱使辛辣如辣椒，卻不足以成菜。

推理小說重布局、重人物描寫，克莉絲蒂最厲害的卻是犀利的人性觀察，她一手創造的白羅探長，潔癖個性完全和她相反，更將她所憎厭的人格特質集於一身，殊不知，唯有不對著鏡子寫作，才能夠跳出框架與制式反應，開闢無限寬廣的新世界，建構多面向的詭異迷宮。

看完她的小說，你只會更加訝異，到底是什麼樣的心靈才能成就這般視野？

李家同（作家、前暨南大學校長）

克莉絲蒂的整體布局十分細膩，最後案情也都講解得非常詳細，回頭去看，在書中都找得到線索。故事的情節與內容也很好看，不是像一個流氓在街上被殺掉那麼單調。……看小說應該要花腦筋、要思考，從小就要養成思辨的能力，看她的小說，就是對邏輯思考能力極佳的訓練。

袁瓊瓊（作家）

雖然被公認是冷靜理性的謀殺天后，但是在理性之下，克莉絲蒂的底色依舊是感情。克莉絲蒂很明白，所有的慾望之後，都無非是某種愛情。在以性命相搏的犯罪世界裡，凶手以終結他人的性命來遂私欲，不過是為了成全自己的愛，或者是成全自己的恨。

鄧惠文（精神科醫師）

以推理小說作家而言，克莉絲蒂的風格相當獨樹一格。她的偵探在辦案時，靠的不光是科學證據的搜集，而是大量運用犯罪心理學，及對人性的深刻了解。例如在《五隻小豬之歌》中，白羅便是藉由聽取嫌疑犯訴說案情時所不自覺顯露的主觀意識及中心思想，而看出其中破綻，找出真凶。白羅是靠腦袋辦案，以心理層面去剖析案情，即使人們敘述的是同一件事，他可以聽出不同角色因出發點及看待角度不同所透露的情緒觀感，從而抽絲剝繭，還原事實真相。

克莉絲蒂所塑造的人物也生動且各具特色，不同個性所出現的情緒反應描寫，皆細膩而準確，讓讀者產生豐富的想像空間，一展卷便欲罷而不能。

吳曉樂（作家）

克莉絲蒂使用的語言平易近人，主要是以角色與情節的對應來斧鑿出故事的深度，堆疊出讓讀者回味的迂迴空間。而她筆下的角色往往性別、階級、性格、族群各異，塑造出多元又豐富的人物群像。

文學作品不問類型，若要流傳於世，最終仍得上溯至「人性」的理解與反思。而阿嘉莎．克莉絲蒂的作品中，我們可以看到人類屢屢得和自己的人生討價還價，或千方百計讓主觀意識與客觀條件達成某種程度的整合，讀者在重建人物的心理軌跡時，也見識到自身的是非成敗，我認為，這也是克莉絲蒂的作品能夠璀璨經年、暢銷不衰的主因。

許皓宜（心理學作家）

克莉絲蒂筆下的故事看似在談人性的醜惡，實則像一位披著小說家靈魂的心靈引導者，用她的文字訴說著人們得不到「愛」時的痛苦。於是在故事終了的剎那，你不得不對人生多了幾分「看透感」：原來，我們心裡的那些痛苦、報復與自我折磨的慾望，不是因為「憤恨」，而是起於對「愛的失落」。這或許是我們在情感世界中最珍貴且深刻的一種覺察了。

推理小說荒謬驚悚嗎？不，它其實很寫實。它幫我們說出心裡的苦、怨、醜陋的慾望，於是，我們可以重新學習愛了。

一頁華爾滋 Kristin（影評人）

從有記憶以來，閱讀克莉絲蒂最迷人之處往往不在真正的凶手是誰，而是在於「Why」（為什麼）與「How」（如何進行），在於人性與心理描摹的故事肌理。依循其書寫脈絡，會發覺不只是邏輯清晰、布局縝密、著重細節，她總能完美掌握敘事節奏，書中人物彷彿真實存在般鮮明躍然紙上，讀者情緒會隨精準文字保持流轉、跳動、收放，掩卷時並無太多真相水落石出的暢快，反倒淡淡的惆悵化為餘韻襲上心頭，原來還是種種意料之外，卻屬情理之中的人性盲目使然。私以為，那成就了克莉絲蒂的推理故事之所以無比迷人的主因之一。

冬陽（推理評論人）

雖然阿嘉莎・克莉絲蒂的作品並非我的推理閱讀啟蒙，卻是養成閱讀不輟的重要推手。首先，她無庸置疑是個說故事能手，打開我名為好奇的開關；其次是設計犯罪事件的巧妙多元，既日常又異常，凶手更是叫人意想不到。沒錯，我相信每個當讀者的都忍不住想破案，想早偵探一步識破詭計，或者像考試結束鈴響前一秒，瞎猜都要指著某個角色大喊「你就是犯人」！然後會忍不住作弊——不是翻到最後幾頁窺探真凶身分，而是往前翻查讓人起疑的段落、偵探顯然掌握重要線索的時刻，直到忍不住豎白旗投降，看神探（我知道啦，真正把我要得團團轉的聰明人是作者）頭頭是道地分析我遺漏錯置的片片拼圖，終於看清真相全貌。這，就是偵探推理，我因此熟悉遊戲規則、沉醉在每一場迷人故事裡，成為這個類型書寫的俘虜，享受至今不疲的美好滋味。

石芳瑜（作家、永樂座書店店主）

布局細膩、處處留下線索，破案解說詳細，說明了這位安靜、害羞的推理小說女王心思縝密，且充滿想像力。密室殺人，完美犯罪，《東方快車謀殺案》不愧為古典推理小說的經典。再加上神祕的東方色彩，隨著火車抵達的迫切時間感，連非推理小說迷都會神經拉緊，讀完大呼過癮。

家庭主婦缺少人生經驗？處女座的阿嘉莎．克莉絲蒂充分展現她過人的寫作天分，靠得是從小開始的閱讀，以及對偵探小說的著迷。三十歲寫下第一本偵探小說《史岱爾莊謀殺案》的克莉絲蒂，在那個時代並不能說是「早慧」，但寫作生涯五十五年中，共創作了八十部偵探小說，卻令人難以企及。這位害羞靦腆的小說女神，大概是相信只要有足夠的理由，每個人都有殺人的可能！

余小芳（暨南大學推理研究社指導老師、台灣推理作家協會常務理事）

學生時代加入推理社團，社課指定讀物便是經典作品《一個都不留》，成為我對克莉絲蒂的初步印象，自此沉浸於推理小說的世界。隔年寒假陪同學參與轉學考，在斜風細雨的走廊中，滿足讀完《東方快車謀殺案》。隨著歲月遠走，已昇華成趣味回憶。

踏入推理文學領域需要認識的作家，阿嘉莎．克莉絲蒂絕對名列其中，她的作品常有英國小鎮風光、莊園式的謀殺、設備豪華的交通工具等，還有特色鮮明的偵探活躍其中。書中少有血腥、暴力的橋段，布局巧妙且結構嚴密，手法純粹、知性，故事內容與人物性格融為一體，以高超的想像力結合說好故事的能耐，為推理小說開創新局面。克莉絲蒂推理全集重編改版，值得新舊讀者一起探索。

林怡辰（國小教師、教育部閱讀推手）

多年後，還是難忘第一次閱讀阿嘉莎．克莉絲蒂作品的感動和激動。這套將近一世紀的作品，文筆流暢，邏輯縝密，過程中不斷與作者較量、猜出凶手，直到最後解答不禁佩服，蛛絲馬跡處處展現作者的精妙手法，於是又拿起另一部作品，再次沉溺在謀殺天后所編織的日常世界中的奇幻，無可自拔。犯罪動機和手法穿越時空限制，如今讀來合理且依舊令人感動，閱讀中趣味橫生，難怪成為後來諸多偵探小說的原型。

克莉絲蒂創作生涯中產出的八十部推理作品，至今多部躍上大銀幕，無怪乎被稱之為「經典」，喜愛推理偵探作品的人不可不讀，你會驚異於她在文字中施展的魔法！

張東君（推理評論家、科普作家）

我愛克莉絲蒂！這位在台灣有時會被稱為克奶奶的超級暢銷推理小說家，即使是自認沒讀過她的書的人，也都會在各種書籍或影視作品中看到對她致敬的片段。由於她喜歡旅行和冒險，那些經驗與體驗都成為書中的場景，因此閱讀她的作品時，不只是雀躍地跟著偵探推理，也有了虛擬的旅行體驗。或者當成旅遊導覽書，在出發去尼羅河、去英國鄉間、去搭船搭火車時，就塞一本克奶奶的作品到隨身背包中。

我還是大學新生時，就聽學姐說她哥哥經常看克奶奶的小說，而且邊看邊狂笑。於是我跟著效仿，在某次搭飛機之前買了第一本小說當旅伴，不只看得超開心，看完後還到處找尋書中出現的那種有兜帽的斗篷，當成出門時的必備用品。克奶奶的作品是跨越文字、國界的。只要看過一本，就會不停地追下去。還好，真的是還好只有八十本。何況這次是全新校訂的紀念珍藏版，當然不能錯過！

發光小魚（呂湘瑜）（文史作家、助理教授）

一部好的偵探小說，除了情節設計巧妙之外，還需要洞悉人性，如此方能合理地交代人物的言行舉止與動機。阿嘉莎．克莉絲蒂便是其中翹楚，她的作品不管是偵探、愛情小說或戲劇，必要元素都是謎題與人性。在寧靜無波的場景下暗潮洶湧，永遠都有意料之外，讀者的情緒也會隨著劇情的進行起伏糾結。克莉絲蒂觀察到時代的變化，將犯罪心理融入作品中，於是，看她的小說不只能得到解謎的快樂，同時對人性也能夠有所省思。

此外，克莉絲蒂豐富的人生歷練及旅行經歷，例如一九二二年的環球之旅、居住過也旅行過的巴黎和埃及，甚至是追隨考古學家丈夫前往的中東，都讓她的小說讀來更加充滿異國情調。如果你也愛旅行，不如就讓我們一同搭上那一班南法的藍色列車，或由伊斯坦堡出發的東方快車，跟著白羅鑽進一樁奇案，一嘗旅程中破解謎題的快感吧。

盧郁佳（作家）

國小時，家裡買了一套阿嘉莎．克莉絲蒂全集，從此成了我的毒品，在白癡課本將我的腦袋啃噬成海綿般空洞時，撫慰受創的心靈，那時我仍對人心險惡一無所知。

數學課教你列算式，樂趣遠不如克莉絲蒂教你住宅平面圖、偷換時序的密室魔術，你從庭園長窗進房間，我從房門直通鄰房，他從走廊進房……從而學會故事是建構邏輯。她文風多變，時而《四大天王》中讓神探白羅向助手海斯汀大賣關子，眉頭緊皺，山雨欲來，預示天翻地覆，只能靠他拯救世界；時而用維吉尼亞．吳爾芙《自己的房間》中俏皮的語言，讓貧苦村姑安妮在《褐衣男子》中回憶南非出生入死的冒險，竟源於她耽讀村裡圖書館爛舊的冒險愛情小說，還有戲院每週末放映〈帕米拉歷險記〉，帕米拉每集從飛機跳落高空、搭潛艇、爬上摩天大樓，每次被黑幫老大抓到總不一刀斃命，卻老要用瓦斯毒死她，暗示續集又會逃出生天。

長大才發現，克莉絲蒂小說就是我的〈帕米拉歷險記〉：它以歌劇般輝煌龐大的天真陰謀、精細的人際觀察（一句話重音放在哪個字、從膝蓋鑑定女人的年齡等），召喚年輕讀者抱持浪漫精神投入未知的壯遊，瘋魔、衝撞、冒犯，傷痕累累毫無懼色。正如瓦斯在冒險片中太多、現實中卻太少；陰謀在現實中沒有克莉絲蒂寫得那麼複雜，但她刻畫的心理卻是現實中解謎的試金石。

賴以威（臺灣師範大學電機系副教授）

或許可以為經典下幾個定義：該領域的愛好者更都讀過；不是這個領域的愛好者，許多人也都聽過；影響後續的作品，在很多著作中都可以看到它的影子；值得反覆再三閱讀，每隔一陣子再讀都可以獲得閱讀的樂趣，有更多的體悟。我永遠記得第一次讀《東方快車謀殺案》時，被那宛如嚴謹設計數學謎題的鋪陳、推進給深深吸引、震撼。從這幾個角度來說，克莉絲蒂的推理小說被稱之為「經典」，可說是當之無愧。

謝哲青（作家、旅行家、知名節目主持人）

克莉絲蒂小說的魅力在於透過每個角色的對白，藉由不斷的說話來表現人物的個性，以彰顯其人格特質中一些無法被忽略的事實。我們從他們的言語、講話的過程和字裡行間，竟然就能知道誰是凶手。

我從克莉絲蒂的小說學到很多，除了推理小說有趣的事實之外，最重要的是，我在工作的職場跟人應對的時候，如何從語言和對話裡去捕捉某些隱而不顯的事實。許多人們欲蓋彌彰的東西，無論心事也好、祕密也好，克莉絲蒂都會用文學的手法，讓你理解語言的奧妙和魅力。

克莉絲蒂的書寫會讓你覺得彷彿自己也在現場，你可以從聽到的對話當中，學會如何理解人心的一些小技巧，這是小說家最出色、最偉大的地方。我們必須學習傾聽別人說話——這些人講話是真誠的嗎？他想要跟你分享什麼資訊？這些資訊可靠嗎？——這是我在閱讀推理小說時，最大的收穫和理解。

阿嘉莎・克莉絲蒂大事記

1890		• 九月十五日出生於英格蘭德文郡托基鎮。
1894	4 歲	• 開始在家自學，父母親、姐姐教導閱讀、寫作、算術和彈鋼琴。
1895	5 歲	• 家中經濟走下坡，舉家搬至法國，學會流利的法語。
1905	15 歲	• 在巴黎寄宿學校學鋼琴和聲樂，但生性極度害羞，未成為職業鋼琴家，最終回到英國。
1907	17 歲	• 陪同母親前往埃及調養身體，對社交活動充滿興趣，但尚未對日後感興趣的埃及古物點燃熱情。 • 回英國後繼續寫作、參與業餘戲劇表演。
1908	18 歲	• 寫出第一篇短篇小說〈麗人之屋〉，同時也寫出第一部愛情小說《白雪黃漠》，以筆名向出版社投稿，但屢遭退稿。
1912	22 歲	• 與英國皇家軍官亞契・克莉絲蒂（Archibald Christie）熱戀。 • 八月爆發第一次世界大戰，亞契奉派到法國作戰。
1914	24 歲	• 耶誕夜結婚，亞契隨即返回戰場。克莉絲蒂參與紅十字會工作，在醫院擔任護士和藥劑師，因此對藥理和毒物非常熟悉，造就後來多部推理小說情節都以毒藥殺人。
1916	26 歲	• 開始嘗試寫推理小說，寫出第一部小說《史岱爾莊謀殺案》，主角偵探赫丘勒・白羅的靈感，來自於大戰期間英國鄉間的比利時難民營。本書歷經數家出版社退稿後，終獲柏德雷・海德（The Bodley Head）圖書公司的出版機會，之後並簽下另五本小說的合約。
1919	29 歲	• 前一年亞契返回英國，八月生下女兒露莎琳。

1920　30歲　• 出版《史岱爾莊謀殺案》。

1922　32歲　• 出版第二部小說《隱身魔鬼》，主角是夫妻檔偵探湯米和陶品絲。
• 與亞契至南非、澳洲、紐西蘭、夏威夷和加拿大等國旅行十個月，在南非得到《褐衣男子》的靈感。

1923　33歲　• 三月出版第三部小說《高爾夫球場命案》，白羅再度登場。

1926　36歲　• 四月母親過世，克莉絲蒂陷入憂鬱。
• 六月在「威廉．柯林斯父子出版社」出版《羅傑艾克洛命案》。
• 八月亞契因外遇提出離婚，十二月初一次爭吵後，克莉絲蒂離家棄車失蹤，消息登上全國新聞。

1927　37歲　• 一月在悲痛心情中寫出《藍色列車之謎》，第一次創造出聖瑪莉米德村，即後來瑪波小姐居住的村子。
• 分居期間在雜誌刊登以白羅為主角的短篇小說，後來集結出版《四大天王》。
• 十二月在雜誌刊登短篇小說〈週二夜間俱樂部〉，瑪波小姐初登場，後來收錄在一九三二年出版的短篇小說集《十三個難題》。

1928　38歲　• 十月正式離婚，仍保留「克莉絲蒂」姓氏。
• 秋天搭乘「東方快車」前往土耳其的伊斯坦堡，再轉往伊拉克首都巴格達，參觀考古現場烏爾，認識考古學家伍利夫婦（Leonard and Katharine Woolley）。

1930　40歲　• 二月應伍利夫婦之邀再訪烏爾，認識考古學家麥克斯．馬龍（Max Mallowan），九月於英國愛丁堡結婚。這段婚姻開啟克莉絲蒂旺盛的創作生涯，兩人到中東考古現場的旅行為許多作品帶來靈感。

- 婚後克莉絲蒂開始維持固定的寫作行程。十月出版《牧師公館謀殺案》，是第一部以瑪波小姐為主角的小說。
- 出版第一部以「瑪麗．魏斯麥珂特」（Mary Westmacott）為筆名的《撒旦的情歌》，並陸續發表了五部非犯罪小說。

1932　42 歲
- 出版《危機四伏》。

1934　44 歲
- 出版《東方快車謀殺案》，是白羅海外辦案三部曲之一，故事靈感來自中東的旅行經歷。一九七四年第一次改編成電影大獲好評。

1936　46 歲
- 出版《美索不達米亞驚魂》，白羅海外辦案三部曲之二。

1937　47 歲
- 出版《尼羅河謀殺案》，白羅海外辦案三部曲之三，故事背景是年輕時與母親同遊的埃及。一九七八年第一次改編成電影大受歡迎。

1939　49 歲
- 二次大戰期間，克莉絲蒂在大學學院醫院擔任義務藥師，學習到最新的毒藥知識，對於推理小說寫作大有助益。
- 出版《一個都不留》，是克莉絲蒂最著名作品之一。

1941　51 歲
- 出版《密碼》，呈現出克莉絲蒂對戰爭的看法。
- 出版《豔陽下的謀殺案》。

1942　52 歲
- 出版《藏書室的陌生人》、《五隻小豬之歌》等名作。

1944　54 歲
- 以「瑪麗．魏斯麥珂特」為筆名出版第三部作品《幸福假面》，被美國書評人發現是克莉絲蒂的作品，讓她從此失去匿名創作的自在樂趣。

1950	60 歲	• 獲選為皇家文學學會的會員。
1953	63 歲	• 出版《葬禮變奏曲》。
1956	66 歲	• 一月獲頒大英帝國爵級大十字勳章（GBE）。 • 十一月以「瑪麗．魏斯麥珂特」為筆名出版《愛的重量》，是這個筆名的最後一部作品。
1958	68 歲	• 成為「偵探作家俱樂部」主席。
1960	70 歲	• 馬龍獲頒大英帝國爵級大十字勳章。
1961	71 歲	• 獲得艾克塞特大學頒發榮譽文學博士學位。
1968	78 歲	• 馬龍獲封為爵士，克莉絲蒂亦被稱為馬龍爵士夫人。
1971	81 歲	• 獲頒大英帝國爵級司令勳章（DBE），獲封為女爵士。
1973	83 歲	• 出版最後一部創作《死亡暗道》，亦為湯米和陶品絲最後一次辦案。
1974	84 歲	• 最後一次公開露面，出席電影《東方快車謀殺案》首映會。
1975	85 歲	• 八月六日，白羅成為有史以來第一次在《紐約時報》頭版刊出訃聞的小說主角，宣傳九月即將出版的《謝幕》，這也是白羅最後一次辦案。
1976	86 歲	• 一月十二日去世。 • 十月出版《死亡不長眠》，瑪波小姐的最後一次辦案。

克莉絲蒂推理原著出版年表

1920　史岱爾莊謀殺案 The Mysterious Affair at Styles（神探白羅系列）
1922　隱身魔鬼 The Secret Adversary（神探湯米＆陶品絲系列）
1923　高爾夫球場命案 The Murder on the Links（神探白羅系列）
1924　白羅出擊 Poirot Investigates（神探白羅系列）
1924　褐衣男子 The Man in the Brown Suit（神探雷斯上校系列）
1925　煙囪的祕密 The Secret of Chimneys（神探巴鬥主任系列）
1926　羅傑艾克洛命案 The Murder of Roger Ackroyd（神探白羅系列）
1927　四大天王 The Big Four（神探白羅系列）
1928　藍色列車之謎 The Mystery of the Blue Train（神探白羅系列）
1929　七鐘面 The Seven Dials Mystery（神探巴鬥主任系列）
1929　鴛鴦神探 Partners in Crime（神探湯米＆陶品絲系列）
1930　牧師公館謀殺案 The Murder at the Vicarage（神探瑪波系列）
1930　謎樣的鬼豔先生 The Mysterious Mr. Quin（神探鬼豔先生系列）
1931　西塔佛祕案 The Sittaford Mystery
1932　十三個難題 The Thirteen Problems（神探瑪波系列）
1932　危機四伏 Peril at End House（神探白羅系列）
1933　十三人的晚宴 Lord Edgware Dies（神探白羅系列）
1933　死亡之犬 The Hound of Death
1934　三幕悲劇 Three Act Tragedy（神探白羅系列）
1934　李斯特岱奇案 The Listerdale Mystery
1934　帕克潘調查簿 Parker Pyne Investigates（神探帕克潘系列）
1934　東方快車謀殺案 Murder on the Orient Express（神探白羅系列）
1934　為什麼不找伊文斯？ Why Didn't They Ask Evans?
1935　謀殺在雲端 Death in the Clouds（神探白羅系列）
1936　ABC 謀殺案 The A.B.C. Murders（神探白羅系列）
1936　底牌 Cards on the Table（神探白羅系列）
1936　美索不達米亞驚魂 Murder in Mesopotamia（神探白羅系列）

1937 巴石立花園街謀殺案 Murder in the Mews（神探白羅系列）
1937 尼羅河謀殺案 Death on the Nile（神探白羅系列）
1937 死無對證 Dumb Witness（神探白羅系列）
1938 白羅的聖誕假期 Hercule Poirot's Christmas（神探白羅系列）
1938 死亡約會 Appointment with Death（神探白羅系列）
1939 一個都不留 And Then There Were None
1939 殺人不難 Murder Is Easy/Easy to Kill（神探巴鬥主任系列）
1940 一，二，縫好鞋釦 One, Two, Buckle My Shoe（神探白羅系列）
1940 絲柏的哀歌 Sad Cypress（神探白羅系列）
1941 密碼 N Or M?（神探湯米＆陶品絲系列）
1941 豔陽下的謀殺案 Evil Under the Sun（神探白羅系列）
1942 五隻小豬之歌 Five Little Pigs（神探白羅系列）
1942 藏書室的陌生人 The Body in the Library（神探瑪波系列）
1943 幕後黑手 The Moving Finger（神探瑪波系列）
1944 本末倒置 Towards Zero（神探巴鬥主任系列）
1945 死亡終有時 Death Comes as the End
1945 魂縈舊恨 Remembered Death（神探雷斯上校系列）
1946 池邊的幻影 The Hollow（神探白羅系列）
1947 赫丘勒的十二道任務 The Labours of Hercules（神探白羅系列）
1948 順水推舟 Taken at the Flood（神探白羅系列）
1949 畸屋 Crooked House
1950 謀殺啟事 A Murder Is Announced（神探瑪波系列）
1951 巴格達風雲 They Came to Baghdad
1952 殺手魔術 They Do It with Mirrors（神探瑪波系列）
1952 麥金堤太太之死 Mrs. McGinty's Dead（神探白羅系列）
1953 黑麥滿口袋 A Pocket Full of Rye（神探瑪波系列）
1953 葬禮變奏曲 After the Funeral（神探白羅系列）

1954 未知的旅途 Destination Unknown
1955 國際學舍謀殺案 Hickory, Dickory, Dock（神探白羅系列）
1956 弄假成真 Dead Man's Folly（神探白羅系列）
1957 殺人一瞬間 4:50 from Paddington（神探瑪波系列）
1958 無辜者的試煉 Ordeal by Innocence
1959 鴿群裡的貓 Cat Among the Pigeons（神探白羅系列）
1960 哪個聖誕布丁？ The Adventure of the Christmas Pudding（神探白羅系列）
1961 白馬酒館 The Pale Horse
1962 破鏡謀殺案 The Mirror Crack'd from Side to Side（神探瑪波系列）
1963 怪鐘 The Clocks（神探白羅系列）
1964 加勒比海疑雲 A Caribbean Mystery（神探瑪波系列）
1965 柏翠門旅館 At Bertram's Hotel（神探瑪波系列）
1966 第三個單身女郎 Third Girl（神探白羅系列）
1967 無盡的夜 Endless Night
1968 顫刺的預兆 By the Pricking of My Thumbs（神探湯米＆陶品絲系列）
1969 萬聖節派對 Hallowe'en Party（神探白羅系列）
1970 法蘭克福機場怪客 Passengers to Frankfurt
1971 復仇女神 Nemesis（神探瑪波系列）
1972 問大象去吧！ Elephants Can Remember（神探白羅系列）
1973 死亡暗道 Postern of Fate（神探湯米＆陶品絲系列）
1974 白羅的初期探案 Poirot's Early Cases（神探白羅系列）
1975 謝幕 Curtain: Hercule Poirot's Last Case（神探白羅系列）
1976 死亡不長眠 Sleeping Murder（神探瑪波系列）
1979 瑪波小姐的完結篇 Miss Marple's Final Cases（神探瑪波系列）
1991 情牽波倫沙 Problem at Pollensa Bay
1997 殘光夜影 While the Light Lasts

國家圖書館出版品預行編目（CIP）資料

四大天王 / 阿嘉莎．克莉絲蒂（Agatha Christie）著；宋瑛堂譯. -- 二版. -- 臺北市：遠流出版事業股份有限公司, 2022.10
面；　公分. -- (克莉絲蒂繁體中文版20週年紀念珍藏；24)
譯自：The big four
ISBN 978-957-32-9751-2(平裝)

873.57　　111013863

克莉絲蒂繁體中文版 20 週年紀念珍藏 24

四大天王

作者 / 阿嘉莎．克莉絲蒂
譯者 / 宋瑛堂

主編 / 陳懿文、余式恕　校對 / 呂佳真
封面、內頁設計 / 謝佳穎　排版 / 連紫吟、曹任華
行銷企劃 / 舒意雯　出版一部總編輯暨總監 / 王明雪

發行人 / 王榮文
出版發行 / 遠流出版事業股份有限公司
地址 / 104005臺北市中山北路一段11號13樓
電話 / (02)2571-0297　傳真 / (02)2571-0197　郵撥 / 0189456-1
著作權顧問 / 蕭雄淋律師

2002年10月1日 初版一刷
2022年10月1日 二版一刷
定價 / 新臺幣320元 (缺頁或破損的書，請寄回更換)

ISBN 978-957-32-9751-2

遠流博識網 http://www.ylib.com　E-mail: ylib@ylib.com
遠流粉絲團 https://www.facebook.com/ylibfans

www.agathachristie.com